【新装版】

ここから始める文学研究

作品を読み解くために

もくじ

III 小説編

IV 巻末資料

凡例

・小説編はそれぞれの底本に従いつつ、原則として、歴史的仮名遣いは底本に従い、漢字は常用漢字を用いた。
・明らかな誤字、脱字については改めた箇所がある。
・今日の人権意識からみて不当・不適切と思われる語句や表現について、作品の時代背景と文学的価値を鑑み、そのままとした。

本書は、『ここから始める文学研究――作品を読み解くために』（みずき書林、二〇二二年）に修正を加え、新たな装丁とした新装版である。

I

基礎知識

大学で小説を読むこと
創造的行為としての小説読解

なぜ大学で、日本近現代文学の読み方を学ぶのか――。

英語や中国語といった外国語や古典を読むというならともかく、読もうと思えば誰でも読める日本の近現代文学を学ぶ／教える理由について、ときに尋ねられ、ときに回答に頭を悩ませることがあります。身も蓋もないことをいえば、それは「好きだから」であり「面白いから」ということになるのでしょう。面白い小説に没頭して時間の経過を忘れるというのは、とても幸福な経験だと私も思います。でも最初の問いに戻るなら、それでは十分な回答という気がしない。いやむしろ、自分たちの授業の受講生すべてが近現代文学を「好き」で「面白い」と思っているなんて、この本の執筆者は（おそらく）誰も思っていません。……ではなぜでしょう？

少し恥ずかしい気持ちをおさえて大風呂敷を広げるなら、その理由は「思考力を鍛えるため」です。この回答なら、この本の執筆者全員が（これまたおそらく）「それは違う」とはいわないと思います。そう、大学の授業としての日本近現代文学を担当する私たちは、受講する学生諸君たちの思考力を鍛えたいと思っている。有り体にいえば、受講生たちに「もっと賢くなってほしい」と思っています。こんないい方、エラそうかなあ。

◎いろいろな角度から読む

　では、〈賢い〉とはどういうことでしょう？　紙幅の都合もあり、ここではこの本が重点を置く〈読む〉と関わることで話を進めていきます。授業に参加していた大学院の学生たちに「賢いとはどういうことだと思う？」と相談したところ、そこにいた者たち皆で納得したのが〈柔軟性〉と〈繋げる力〉という二つでした。この二つは微妙に位相を異にしているのですが、とにもかくにも、その二つの語を導き手として話を進めることにします。

〈柔軟性〉ということでは何よりもまず、小説テクストに登場する多くの作中人物に共感する力、ということが頭に浮かびます。小説には年齢や性別、出身地や職業など、じつに様々な人物が登場します。そういった人物たちにそれなりに寄り添って読み進めることは、小説を理解する上で欠かせません。そういった意味での〈柔軟性〉が必要であることは、本書を手にとる皆さんにも理解されるでしょう。この力って、なかなかすごい力だと思いませんか？　日頃の自分がけっして出会うことのない人の考えや思いに、何しろそれなりに共感するのですから。とはいえ、そのような力は高校までの国語の授業ですでに学んできたことでもあるわけで、いまさら……。

〈柔軟性〉に関連させながら、次の〈繋げる力〉に話題を進めましょう。

　ここで、Aという読者を想定します。Aは、とにかく男女の恋愛に関する話が大好きです。どんな小説も「男女の恋愛」を中心に読もうとするし、そもそもそれが書かれていない小説は読むこともしないという人物。私は一概にAを批判しようとは思いません。そのような小説の読み方や使い方は十分ありえるとも考えます。我が身を振り返っても、ただただ小説のストーリーにのめり込む、なんていう経験をいままで何度もしていますしね。しかし、そのような態度は〈柔軟性〉からは程遠いように見える。強い言葉を使うなら、素朴かつ融通のきかない読みとさえいえるでしょう。

翌日の授業を準備する場面や、あるいは論文を構想する場面で私の頭にあるのは、「他の人とは違う読みができないか――」ということ。このことはとても大事です。「小説を読んで大事なのは、作者のいいたいことをとらえることではないか」という質問を大学一年生から受けることがあります。おそらくは、高校までの「国語」の時間で習った読み方なのでしょう。この考えは頑固で、なかなか考えを変えてくれません。しかし大声で断言すると、それは「小説を読む一つの方法に過ぎない」と私（たち）は考えます。読者Aや頑固な学生が一つの読み／意味を求めるのに対して、ここで強調したいのは、小説の読み／意味の幅を拡げる方向性なのです。

◎面白い読みを目指す

確認しましょう。「男女の恋愛」を小説から読みとる読み方も、「作者のいいたいこと」を求める読み方も、批判される読み方ではありません。だけれども、〈思考力を鍛える〉ため、あるいは〈賢く〉なるためには、それだけではいけない。ときに〈繋げる力〉でいろいろなことと関連させ、一つの小説をさまざまな角度から読めるようになってほしい。私たちはそう願っています。

もう一度読者Aに話を戻すなら、「男女の恋愛」だけではなく、たとえば「テクストから同性愛は読み取れないか」・「この恋愛が破綻した背景には経済的格差があるのではないか」・「同時代の読者はどのように読んだか」……というように、多方面に〈繋げる〉ことによって小説からいくつもの意味を紡ぎ出す、このような複数の読み方ができるようになりたい。そして、〈繋げる力〉にヒントを与えるのが文学理論なのです。

この本では、読むための〈理論〉を紹介・解説しています。一つの小説テクストを、たとえば〈精神分析批評〉を用いて分析するときと〈ポストコロニアル批評〉を用いるときとでは、そのテクストから読みとられる意味は異なります。乏しい人生経験（失礼！）をもとにした感想ではなく、先人たちが考え抜いた思考に精一杯背伸びをしながらついていくことで、新たな読みの可能性は開かれるのです。いままで自分が考えたこともなかった外の思考を理解するのは大変でしょうが、それに対応できる〈柔軟性〉を養ってほしい。場合によっては、さらにそこで紹介される書物にあたることで、いままで考えたこともない世界や想像すらしたことのない地平に歩みを進めることもOKです。どうですか、少し〈賢く〉なれそうな気がしますか？

ただし、ある一つの小説テクストで同じ〈理論〉を用いても、そこから紡がれる意味が同じになるとは限りません。このことはぜひ頭に入れてください。毎年顔を合わせる学生のなかには、同じテクストをある〈理論〉で分析すれば、あたかも自動的に答えが出てくるように誤解する人がいます。でも、そんなことこそ〈思考力〉とは対極の発想であることは明白でしょう。同じテクストを同じ〈理論〉を用いて分析しても、面白い結果とそうではないものがあります。私たちは面白い読み／意味を目指す。たとえば、一応は「専門家」といわれる職なので、夏目漱石のある小説なら二〇回以上は読んでいます。それでも、学生の発表を聞いて「えっ、そんな箇所あったっけ？」と小説を読み返すことがたま〜にある（笑）。読む視点を変えることで、小説の一節が俄かに光を放った瞬間です。そんなとき、私は「面白いなあ」と心から思います。そして面白い小説の読み／意味は、ときにその小説における〈作者のいいたいこと〉より面白いものであることもありえます。その意味で、小説テクストを読むことは、〈創造的〉行為でもあるのです。

（五井信）

本文は、絶えず変わってゆく

草稿・原稿・雑誌・単行本

印刷物である近代文学

みなさんは、小説や詩を何で読んでいるでしょうか。スマホやパソコンを使うことが今では珍しくありません。専用端末のキンドルなどもあります。もちろん、紙の本も依然として流通しており、併用している人も少なくないでしょう。いずれにしても、手書きでないものをわたしたちは目にしていることになります。作品が打ち込まれたもの、印刷されたものであるところに、近代文学の特徴はあります。木版から活版へと技術が進化することで、個人の創作は、より多くの読者を得ることが可能になりました。

発表された作品は作者の手を離れ、一人歩きをしていきます。インターネットでの公開、雑誌や書籍での刊行、いずれの場合でも、共有されるものとなります。他人が勝手に書き直すことは、普通はできません。

一つの形となった作品も、完成するまでは不安定な存在です。作り手にとって、着想にふさわしい表現を与えて整えていくことは、困難が連続する作業となります。さまざまな資料を手がかりとすることで、できあがった本文だけではわからない成り立ちが見えてきます。

作品が発表されるまで――横溝正史の場合

現代の作家はほとんどがワープロを用いていますが、それが普及する以前は、手書きが普通でした。誰もが原稿用紙の枡目をペンや鉛筆で埋めていくことに取り組んでおり、中には今も遺されているものがあります。二松学舎大学には、日本を代表する探偵小説家、横溝正史（一九〇二〜一九八一）の一大コレクションがあります。それを例にして、執筆の現場をのぞいてみましょう。

図①は、長編『八つ墓村』（一九五一年）の原稿です。『八つ墓村』は、岡山県の山村で起こった連続殺人事件を当事者の手記形式で描いた、正史の代表作です。映画やドラマに何度もなっており、ご覧になった方もいるでしょう。『八つ墓村』は、最初『新青年』という雑誌に連載されていました。図①は、第七回（一九五〇年十月）の冒頭部分です（ちなみに、初めて世に現われることを〈初出〉と言い、掲載された新聞や雑誌を初出紙誌と呼びます）。「や、や、や！」と叫んでいるのは、名探偵金田一耕助です。

原稿には、タイトルや作者名のところに赤い線が引かれています。これは、編集者の手によるもので、章題「恐ろしき籤」に付された「２」は活字の大きさを指示するものでしょう。コピーのない時代、原稿は印刷所に持ち込まれ、活字を拾う際に参照されていました。

図②は、やはり正史の代表作である『獄門島』（一九四八年）の自筆資料です。金田一耕助シリーズの第二作にあたり、『宝石』という探偵小説専門誌に連載されました。瀬戸内海の小島で起こる連続殺人事件を扱い、日本ミステリーのオールタイムベスト１にも選ばれたことのある名作です。取り上げたのは、一九四八年五月、連載第十三回の冒頭に対応するものです。『八つ墓村』の原稿と体裁はよく似ていますが、こちらは下書きになります。画像ではわかりにくいですが、原稿用紙の裏側が用いられています（アジア太平洋戦争敗戦後で物資が不足していたという背景に加えて、元々紙を大切に使う正史の習慣がありました）。「まへにもいつたやうに、獄門島の全部落は島の西側に集結してゐる」という冒頭の一文は、雑誌では「まへにもいつたとほり、獄門

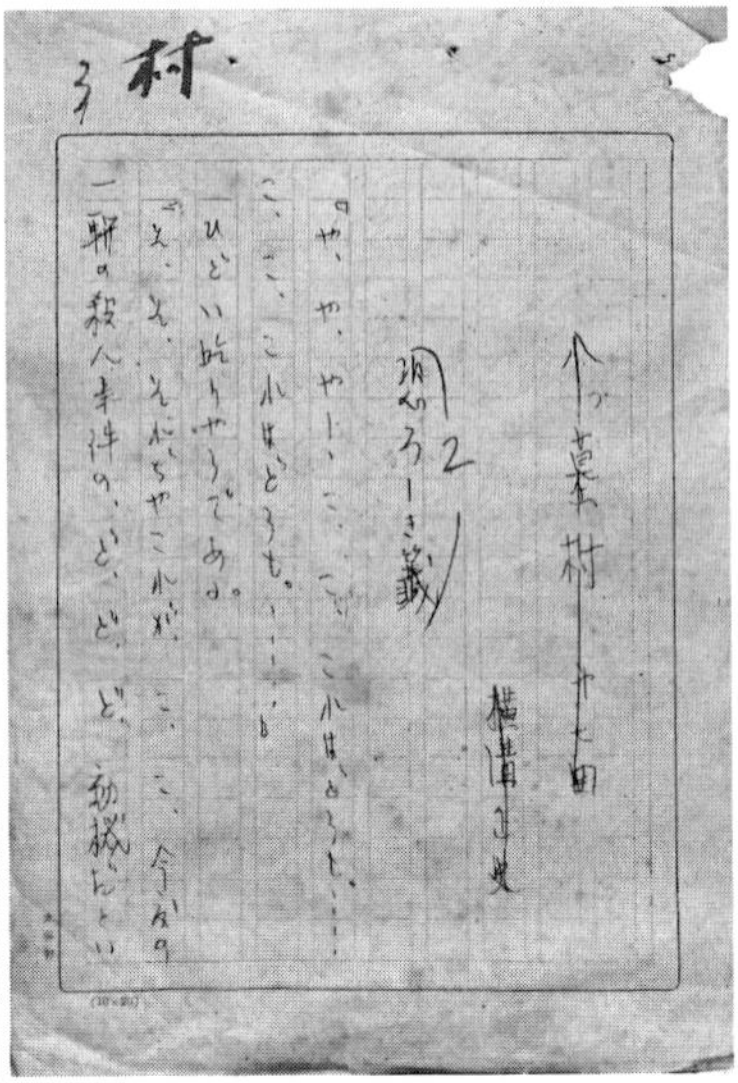

図① 『八つ墓村』原稿

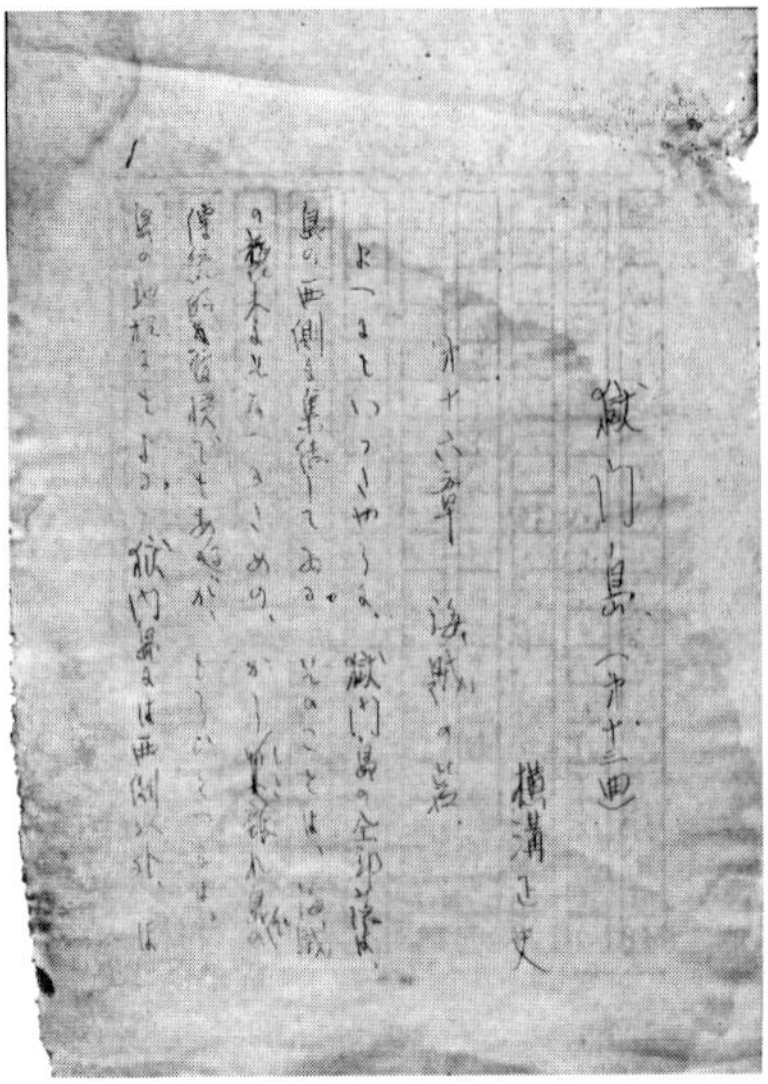

図② 『獄門島』自筆資料

島の全部落は、島の西側にかたまつてゐる」となっており、言葉づかいが変わっています。章題の「海賊の砦」は、「お小夜聖天」とまったく別のものに改められました。正史は、何回も書き直すことで文章を整えていく書き手でした。手書きの文字からは、何もないところから形あるものを生み出す際の苦労がうかがえます。

二つの資料は、質的には大きく異なっています。ここでは完成版である『八つ墓村』を〈原稿〉、下書きである『獄門島』を〈草稿〉と呼んでおきます。〈原稿〉を定稿、〈草稿〉を未定稿と言うこともあります。〈草稿〉は、原稿用紙に記されるとは限らず、ノートやメモに近い場合があります。〈原稿〉が〈草稿〉も含む広い意味で使われる時もあり、厳密に定義された言葉ではないので、注意しておいてください。〈草稿〉は、ありたえかもしれない作品の別の形を、わたしたちに教えてくれます。

◎作品が発表されてから――大西巨人の場合

原稿が仕上がるまでの段階でも変化が生じていましたが、発表後も本文は、常に同じであるとは限りません。他人が書き直すことはできないと先に述べましたが、作者は望めば、作品に手を入れることができます。読み継がれる過程で、いろいろな書物が刊行されます。最初単行本で刊行され（初刊本）、しばらくしてから文庫化される（普及本）という順序が、人気作家の著作では標準的でしょうか。装幀や判型を変えた新装版やマニア向けの限定本の出版もあるでしょう。代表作、あるいは全業績を網羅した全集が編まれることもありえます。

新たな本が出ることは、作者にとって作品と再会する機会となります。読み返して満足できない時、本文は修正されます。有名な例としては、芥川龍之介『羅生門』の末尾の変更があります。『帝国文学』一九一五年十一月号に発表された際には、「下人は、既に雨を冒して、京都の町へ強盗を働きに急ぎつゝあつた」と締め括られていました。それが最初の作品集『羅生門』（阿蘭陀書房、一九一七年五月）では、「下人は、既に、雨を冒して、京都の町へ強盗を働きに急いでゐた」と変更され、さらに『鼻』（春陽堂、一九一八年七月）で「下人の行方は、誰も知らない」に改められました。下人のその後が明示されないことで、作品の世界は奥行きのあるものに変貌します。わたしたちが親しんでいるのは、『鼻』の本文です。

図③は、二松学舎大学所蔵の大西巨人（一九一六～二〇一四）『神聖喜劇』（一九八〇年完結）の冒頭部分の原稿です。『神聖喜劇』は、アジア太平洋戦争下の長崎県の対馬要塞を舞台に、教育召集兵東堂太郎のニヒリズムからの脱却を描いた大長編小説です。原稿では、対馬は、「わが国の主要な島々のうち佐渡が島につぐ大きさを持つ」と説明されています。記述は、最初の単行本（光文社、一九六八年十二月）で奄美大島が追記さ

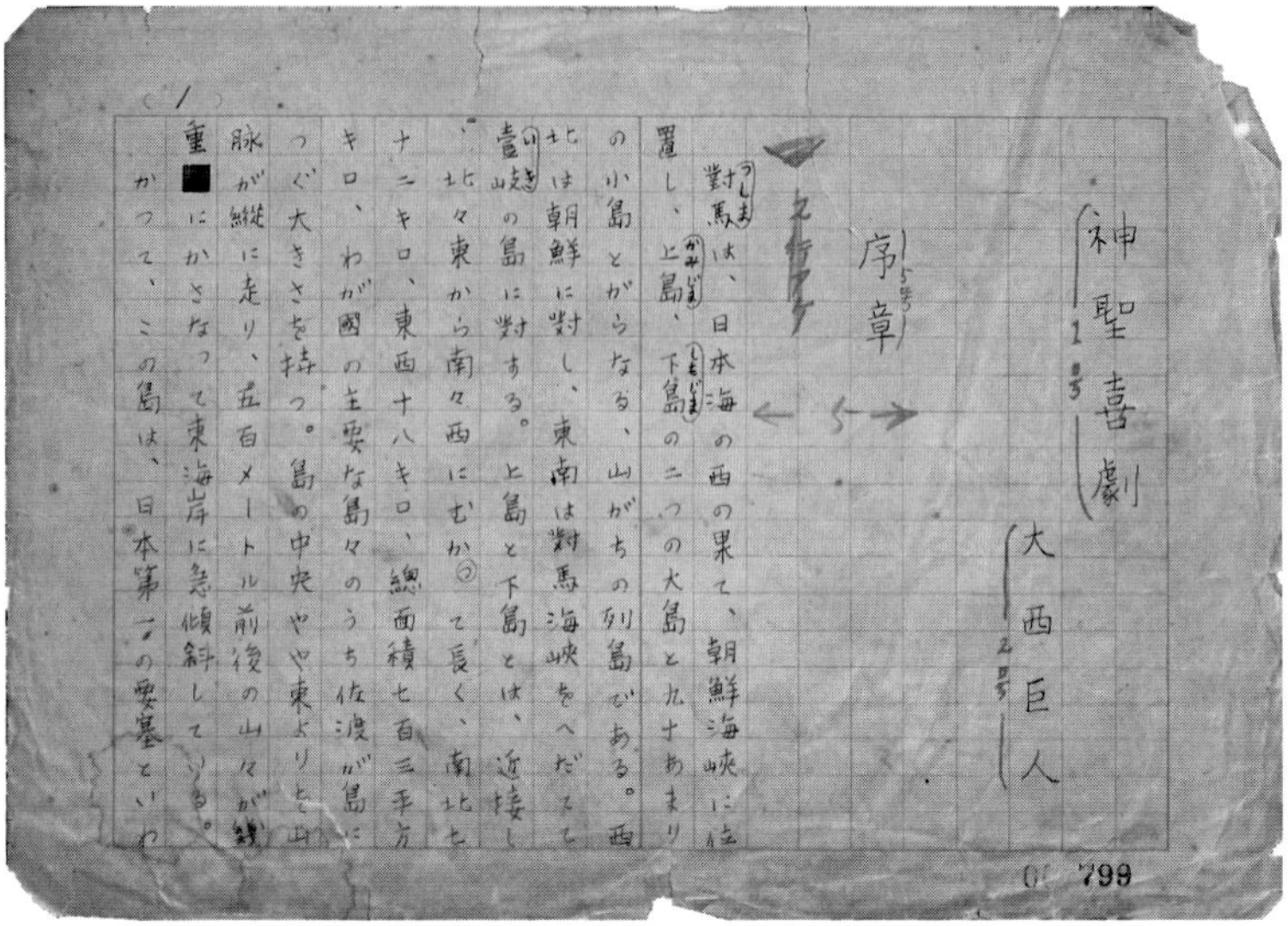
1

神聖喜劇

大西巨人

序章

對馬《つしま》は、日本海の西の果て、朝鮮海峡に位置し、上島《かみじま》、下島《しもじま》の二つの大島と九十あまりの小島とからなる、山がちの列島である。西北は朝鮮に對し、東南は對馬海峡をへだてて壹岐《いき》の島に對する。上島と下島とは、近接して北々東から南々西にむかって長く、南北七十二キロ、東西十八キロ、總面積七百三平方キロ、わが國の主要な島々のうち佐渡が島につぐ大きさを持つ。島の中央やや東よりを山脈が縦に走り、五百メートル前後の山々が綿重[redacted]にかさなって東海岸に急傾斜している。かつて、この島は、日本第一の要塞といわ

799

図③ 『神聖喜劇』原稿

れ、一九七三年の沖縄返還に伴って、さらに修正されました。完結した際（光文社、一九七八年七月）には、「沖縄本島、佐渡ガ島および奄美大島に次ぐ」となっています。わずかな変化ですが、そこには敗戦後の歴史がはっきりと刻印されています。

原稿完成までと作品発表以後の二つに分けて、本文の変化を見てきました。いずれにしても、作品は静止していません。変わるもの、変わりうるものとして、本文はあります。ここでは説明できませんでしたが、発表の過程で編集者の意向が加わったり、活字工が文字を選び損なったりして、違ったものになることもあります（時代によっては検閲で削除を命じられることもありました）。複数の本文を見比べ、異なりを確認することで、創作をめぐる作り手の意識や時代の状況を見ることができます。文学作品の成り立ちをめぐる別の展開を意識すること、そこから一つの文学研究が始まります。

（山口直孝）

作り手のことを知る意味
作家と作品との関係

作家論と作品論

文学は、ことばを使った芸術です。すぐれた表現力によって生み出され、受け継がれてきた作品は、人々を引きつけます。文学研究は、成立の背景や時代状況を踏まえながら、作品の魅力に迫ることを目的としています。個別の作品に即して分析を行い、固有の作りを明らかにしていく分野を作品論と呼びます。対をなす分野で、作品の作り手について、経歴や人間関係などさまざまな事項を調査し、個性をとらえていく作家論があります。

作品があれば、必ずそれを生み出した人がいます。ただし、時代によって作り手のありようは異なり、無名であったり、集団であったりすることも古典では珍しくありません。近代以降は、創作に携わる人が増え、社会的に注目される存在になっていくという傾向が見られます。〈作家〉には、ある作品の作り手という広い意味と職業の一つという限定された意味とがあります。

作家研究は、考証の積み重ねです。いつどこで生まれたか、家族には誰がいたか、先祖は何をしていたか、生育環境はどのようなものであったかなどについて、本人の書いたもの・周囲の証言・さまざまな史料・フィールドワークなどから事実を突き止め、系図や年譜の形でまとめていきます。むろん、創作に関わる情報も網羅的に集めなければいけません。いつどこに何を発表したか、著作としては何があるかを、実物を確認しながら記録し、リスト化していきます。近代の作家の場合は、インタビューや座談会での発言もあるので、それらも見逃せません。著作目録などの書誌に、成果は集約されます。一人の作家の生涯をたどる手段として、伝記（評伝）が作られることもあります。

作品は、作家とは独立した存在です。どんな人が書いたのかを知らなくても、詩や小説を読み、楽しむことはできます。作家の名前は、本を探す時の目安として意識するだけで、まずはよいのかもしれません。しかし、一方で作品理解のためにさまざまな知識が必要であり、作家をめぐる情報も役に立つことは確かです。

◎謎の人物「自分」を探る――志賀直哉『城の崎にて』の場合

一例として、志賀直哉『城の崎にて』（『白樺』一九一七年五月号）を見てみましょう。本作は、文庫本で十ページ程の短編です。電車事故で負傷した「自分」は、養生のため兵庫県の城崎温泉を訪れます。現地で蜂やいもりなどの生き物の死を目撃することを通じて、「自分」の死生観は揺らがされることになります。志賀の代表作として知られ、高校の国語教材にも取り上げられています。

『城の崎にて』では、「自分」の心情は詳細に綴られていますが、時代背景はほとんどわかりません。「自分」について紹介する記述が乏しく、名前も性別も年齢も職業も謎の人物です。せいぜい、「中学」で学んだことがあり、『范の犯罪』という小説を以前書いたことが示されるにすぎません。客観的な情報が不足しているにもかかわらず、作品が受け入れられているのは、読者が書かれていない部分を補って読んでいるからでしょう。多くの人は、作者名から、さらに教科書であれば顔写真から、「自分」は男性作家であると想定しているはずです。そして、その判断は間違っていません。作者は、のちに「事実ありのままの小説」（「創作余談」）

と証言しています。

志賀の足取りを追っておきましょう。一八八三年に生まれた彼は、学習院高等科を経て、東京帝国大学英文学科に進学、在学中の一九一〇年に友人たちと同人雑誌『白樺』を創刊します。急激な西洋文化の受容による青年の心身の葛藤を視覚的な描写でとらえた短編を、志賀は意欲的に発表していきます。次第に注目が集まるようになった一九一三年八月、夜散歩をしていて山手線の電車にはねられ、重傷を負います。ちょうど『范の犯罪』という作品を書き上げたところでした。十日程入院した後、十月十八日城崎を訪れ、翌月七日まで三木屋という旅館に泊り、湯治に努めます。『城の崎にて』が発表されるのは、体験から三年半以上が経ってから、長い沈黙期間の後でした。

志賀の年譜の記載は、「事実ありのままの小説」という証言を裏づけています。しかし、ここで言いたいことは、『城の崎にて』が実体験に基づく、ということではありません。「自分」について考え、作品を読み解いていく上で、作家が手がかりとなる存在であることに、注意を向けてもらいたいと思います。例えば、志賀が中学への進学率が一割程度であった時代に大学まで通っていたこと、実業家であった父のおかげで暮らしの心配がなかったこと、事故当時二十代後半であった彼が城崎に滞在する時間の自由を持っていたことなどが挙げられます。経済的な豊かさが表現された世界を背後で支えている部分があることが、作家を知ることで見えてきます。

◎一人だけで成り立つ世界──〈私小説〉と文学者

『城の崎にて』は、特殊な小説で、登場人物は、語り手の「自分」だけです。城崎温泉で「自分」は、誰ともまじわることなく過ごしています。孤独な「自分」は、小動物のありさまを見つめ、「生き物の淋しさ」に思いをめぐらせます。蜂やいもりへの感情移入は、「自分」の繊細さの現われですが、小さな存在に関心を持つためには、見る者に精神的な、そして物質的なゆとりがなければなりません。『城の崎にて』は、「自分」一人だけで作品世界が成り立つことが可能であることを示した点において、新しい達成でした。特定個人の感性を描くことに中心を置いた小説が、一九一〇年代半ばに成立した意味を考える上でも、作家をめぐる情報が参考になります。西洋の文芸に憧れ、お手本とした文学者たちは、外国語を学び、原書で作品を読むことが珍しくありませんでした。最先端の美意識に触れた彼らは、自らの言動にも影響を反映させていきます。文学者のふるまいは従来の価値観にとらわれないものであり、それゆえに作品の題材にもなりえます。日本の近代においては、作家が自分自身を取り上げた小説に取り組むことを促す特有の状況がありました。『城の崎にて』が発表されてから、しばらくして、〈私小説〉という言葉が登場し、やがて定着していきます。〈私小説〉の概念は、時代によって、また使い手によって異なりますが、簡単に述べれば作家が自身の体験を題材として書き、読者も主人公が作家であることを想定して読む小説、ということになります。最初の使用例は、宇野浩二『甘き世の話』（『中央公論』一九二〇年九月）と言われ、当初は否定的なニュアンスを伴っていましたが、徐々に日本独自の小説ジャンルであり、創作の本道であると見なされるようになっていきます。設定のあいまいさや描かれる世界の狭さが指摘されるなど、くりかえし批判されながら、〈私小説〉は現在でも根強い人気を誇ります。

志賀直哉は、武者小路実篤と共に、〈私小説〉の前史を作った代表的な書き手です。その後には、芥川龍之介・菊池寛・佐藤春夫・広津和郎らの創作が続きます。演技的なふるまいを見せたり、事実とは異なる話をまじえたりする、自意識的な方法を取り込む葛西善蔵・牧野信一・太宰治といった作家も現われ、〈私小説〉は多様な広がりを見せていきます。自身のことを語る際に、文学者は体験をどのように取捨選択するのか、また、事実はどれぐらい反映されているのか、見きわめには、やはり作家が参照されなければなりません。〈私小説〉の成り立ちに迫り、個々の表現の特徴を理解するため、伝記的な事実をあえて作品に重ねることがあってもよいでしょう。

（山口直孝）

同時代　作品発表の時代まで遡って調べよう

◎〈読む〉と〈調べる〉

「結局、文学研究って何をおこなうのですか？」と訊かれたら、わたしは「〈読む〉と〈調べる〉の二つだよ」と答えると思います。幅広く奥深い語彙力、文・言葉に対する論理的読解力、文章を読むための理論の修得などに基づいて、これまで主観的・個人的だった作品の読み方を、他者と共有できるレベルまで強度を高めていく〈読む〉。作品をめぐるさまざまなことを調査して、単に「わたしはこう読むのだ」と自己主張するのではなく、資料と合わせて信憑性のある研究を構築していく〈調べる〉。〈読む〉と〈調べる〉は自転車の前輪と後輪のような相補的な関係にあって、文学研究を〈読む〉だけで進めようとしても、〈調べる〉だけで進めようとしてもうまくいきません。〈読む〉のが得意な人は〈調べる〉に進んでいかなくてはなりませんし、〈調べる〉が先に得意になっている人は前提となる〈読む〉の基本を早く身につける必要があります。

◎〈同時代〉という着眼点

〈調べる〉内容や方法は多岐にわたります。みなさんは文学について〈調べる〉ことを考えた時に、学術雑誌に掲載されている最新の論文や難解そうで分厚い専門書を読むことを連想するかもしれません。最新論文や専門書を読むことが重要であることは言うまでもありませんが、〈同時代〉にこだわって〈調べる〉姿勢は、「現在流行している方法や現在高く評価されている価値観に頼りすぎるな」というメッセージを含んでいることに注意しましょう。また、文学について〈調べる〉ことを考えた時に、作家の伝記的な資料や作者自身の発言を調査して、それに基づいて作品を解釈するやり方を想像した人もいるかもしれません。しかし、〈同時代〉へのこだわりは、作者を通して作品を理解しようとするやり方に「待った」をかけるものでもあります。どういうことなのか、少しずつ説明していきます。

◎「歴史」の考え方

〈同時代〉を辞書で引いても「同じ時代」という説明ぐらいしか出てきません。そこで、まずは関連する言葉である「歴史」について考えてみます。『日本国語大辞典』で「歴史」を調べてみると「過去の人間生活に起こった事象の変遷・発展の経過。また、その、ある観点から秩序づけられた記述」とあります。「歴史」は、①人間に関するものであり、②時代により変化するそれぞれの過去が連なったものであり、③一つの価値観によってまとめられたものとわかります(「history は story だ」という言い方がされることがあります)。人間は生まれた時代に限定されていながらも、「今」だけは特別な時間だと、「自分」だけは特別な存在だと信じて、必死に生きて死んでいきます。しかし、時間が経てば、特別だと思っていた「今」はすべて堆積するひとつの「過去」になり、特別な存在だと思っていたすべての「自分」は堆積する砂の一粒のようなものとみなされていきます。時代ごとに生きる人間たちが「今」に抱く特別感など幻想だったことを「歴史」は次々と明らかにしていくのです。この「時代ごとに生きる人間たち」の部分こそが〈同時代〉にあたりますが、〈同時代〉にこだわって〈調べる〉ことは、後に引き剝がされる幻想に引き寄せられることなく、「時代ごとに生きる人間たち」の生の営みや言葉をていねいに発見していくことを目指すものです。

◎〈同時代〉と「新歴史主義」(new historicism)

ここまで説明した考え方に立てば、新しい時代は必ずしも過去よりも良くなっているとは限らないということになりますが、このような「歴史」の考え方はみなさんが知っている「歴史」の考え方と同じでしょうか。かつての「歴史」観の主流は、歴史は発展して良くなっていくというもので、最良の「今」から悪い「過去」を批判、反省するという考え方でした。しかし、一九八〇年以降広がった「新歴史主義」の考え方は大きく異なります。「歴史」が良くなる方向に直線的に発展するのでなくても、「歴史」的に考えることに意味はあります。それぞれの過去において、個人の営みは他者の営みとつながりあい、影響しあい、それらが現実の社会を構築しており、それを〈調べる〉ことに意味があることは間違いありません。「新歴史主義」の研究はこれらを主眼とするものです。ある文学作品が生まれた時代に広く照明を当て、その文学作品に影響をあたえた出来事・言葉・イメージなどをていねいに発掘して、つながりを見いだしていく。ミシェル・フーコーが「知の考古学」と呼ぶようなやり方です。かつては「歴史」が発展していく図式を文学作品の時代背景として結びつけるようなやり方が中心でした。大正時代に発表された作品を大正デモクラシーの時代背景と短絡的に結びつけ、作品の自由さを指摘したりするというものです。「新歴史主義」はこのような考えを取りません。〈同時代〉に関する資料としては、作品が最初に発表されてすぐの時期に雑誌や新聞に発表された作品評(「同時代評」と呼びます)が中心になります。これは批評の強度や総合的な分析内容等の質はそれほど高くなくても、同じ時代の空気を共有しながら書かれたリアクションとして、いわば時代の証言としての価値があります。考古学における化石資料同様、文学研究における「同時代評」は量も必要です。豊富な量の資料によって作られるモザイクにより、多様性をふくんだ〈同時代〉の復元が可能になるのです。

◎〈同時代〉と「間テクスト性」(intertextuality)

続いて、〈同時代〉と「間テクスト性」(intertextuality)とを結びつけてみようと思います。みなさんは文学作品をどのようにイメージしていますか? ジュリア・クリステヴァが提示した重要な概念「間テクスト性」(intertextuality)は、言葉を織物のようにイメージするものです。(本)文の意味を持つtext(テクスト)という英語がありますが、texture(テクスチャー)になると織物という意味になります。さまざまな色や質感の糸が縦糸と横糸となって紡がれて一つの織物になるように、多様な言葉・文が縦糸と横糸となって一つの織物のような文章・文学作品になるというイメージです。日常的な喩えで考えてみましょう。これまでに接してきた数多くの言葉が自分の語彙を形成していますが、さて、自分の中から生み出される文章は自分のオリジナルでしょうか。自分によって紡ぎ出される文章の中に他者に由来しない言葉がどれくらいあるでしょうか? かつて祖母から言われた言葉、絵本で読んだ言葉、Twitterでぱっと目に入った言葉、コマーシャルで流れていた言葉、街の看板などが、それぞれ縦糸と横糸のように組み合わされ、そのほとんどが記憶の痕跡も残さずに、一つの織物のように言葉が出力されているのではないでしょうか。文学作品についても同様です。それぞれは独立しているのではなく、過去の文学作品からの影響を受けているのはもちろん、作者が身近な日常で触れた言葉や新聞で読んだ言葉などが多種多様な縦糸と横糸となり、一つの文学作品が生まれてくるのです。そのような織物としての文学作品を〈調べる〉には徹底して〈同時代〉の資料を探す必要があるのです。

◎〈同時代〉と作者

ある作品について〈調べる〉時、それが作家の伝記や作者自身の発言によって作品を解釈するようなやり方ではよくないと初めの方で書きましたが、その理由が理解できたでしょうか？　自分が紡ぎ出す文章の中には実はたくさんの他者たちの言葉が入り込んでいます。自分が書いたからといっても、実際には他者に由来する言葉がとても多いのです。作者の発言に一定の意味と権威を認めることは重要ですが、意味と権威をあまりに認めてしまうと、言葉の特性に対する理解そのものが揺らいでしまうのです。作者を特権的な存在だと認めると、〈同時代〉を構成する他者たちが後景に退き、時代の中で生まれた事実がないがしろにされてしまうのです。

（瀧田浩）

研究のルールとマナー 引用と剽窃・資料保存・プライバシー

はじめに

「高校までの勉強と、大学での研究は何が違うか？」と聞かれたら、皆さんはどう答えるでしょうか。「研究の方が高度な知識が必要になる」「研究は正解のない問題に立ち向かうことである」など、いろいろな答えが返ってくるかもしれません。そもそも、研究とは何かという大きな問いに悩み、試行錯誤することこそ大学での学びの醍醐味だと思います。皆さんも自分の知的好奇心を大事にし、研究とは何かに悩みつつ、模索していきましょう。

ただし、研究には作法があります。ルールやマナーといったものもあります。とにかく自分が好きなように学んだものを発表さえすれば、それが研究成果として認められるというわけではありません。大学での学びをはじめるにあたって、そうした基礎的な知識は身につけて下さい。

先行研究の尊重

文系・理系を問わず、研究は決して一人の力ではできません。「いや、自分は誰の手も借りず、図書館に通い詰めて独力で研究を成し遂げてみせる！」と意気込む人もいるかもしれませんが、そもそも図書館に置いてある本も先人によってなされた研究の成果です。

私たちが何気なく本を読み、何かについての知識を得られること自体、自分より先に研究に取り組んできた人たちのおかげです。研究とは、こうした先人たちの努力の上に成立つ行為であることを忘れてはいけません。

皆さんがレポートや卒業論文などで選ぶテーマ（作家や作品など）も、多くの場合すでに誰かが研究成果を発表しているものです。そうした先行研究があるからこそ、私たちは、その先のことを調べ、考えることができるのです。

これからレポートや卒業論文などを書く際には、自分が掲げたテーマについて関連する先行研究は必ず調べましょう。どのような先行研究があるのかを調べる方法はいくつかありますが、最も簡便なのは、国会図書館や大学図書館のホームページから学術論文検索システムにアクセスすることです。まずはこうした検索システムを使う習慣を身につけましょう。

先行研究をレポート・論文内で使用する際、以下の点に気をつけて下さい。

point 01

出典を明記する

参考にした先行研究は、必ず「著者名」「掲載媒体（雑誌名・書名など）」「発表年月日」「発行者」を明記しましょう。ウェブサイトを参考にした場合は、閲覧日とＵＲＬも明記して下さい。

point 02 引用は可、剽窃は不可

引用とは「人の言葉や文章を、自分の話や文の中に引いて用いること」（『大辞泉』）のことです。通常、著作物は著作権法によって保護されているため他人が勝手に使用することはできません。しかし、一定の要件内であれば引用することが認められます（三二条一項）。先行研究の中で特に参考になった箇所や触発された部分は、ルールに則って引用してください。

一方、剽窃（「他人の作品や論文を盗んで、自分のものとして発表すること」『大辞泉』）は絶対にしてはいけません。ウェブサイトからのコピー&ペーストなどはもってのほかです。論文や研究書の中で悪質な剽窃が見つかった場合、論文は取り下げとなり、研究書は絶版処分になることもあります。

資料への敬意

本学の図書館は多くの資料を保管しています。なかには作家の自筆原稿など、それ一点しか存在しない貴重なものも少なくありません。こうした貴重資料は定期的に大学資料展示室（地下二階）に公開されます。ぜひ見学してみて下さい。

研究とは、こうした資料がなければ成立しません。古く貴重な資料は、たまたま残っていたわけではなく、資料を保存しようという志をもった人たちの努力によって受け継がれてきたものです。研究に携わる人は、

こうした資料への敬意を忘れないで下さい。
言うまでもないことですが、下記の点は大学生として絶対に守って下さい。

point 01
図書館・資料館が所蔵する資料は責任感をもって使用し、借用した場合は必ず規定通りに返却すること。

point 02
資料は公共の財産であることを自覚し、決して毀損行為（書き込みや切り取りなど）を行なわないこと。

◎プライバシーの尊重

近現代文学研究では、しばしば作家の生涯や人となりが研究者の興味関心の対象になることがあります。現役で活躍中の人物が研究対象になることもあります。私たちの研究は、現に活動している個人の名誉やプライバシーを侵害してしまう危険性と無縁ではありません。
二〇一五年、ある地方紙の記事が問題になりました。小説家・村上春樹さんが高校在学中に図書室から借りた本の履歴が新聞に掲載されたのです。この報道について、日本図書館協会は「プライバシーの侵害」に

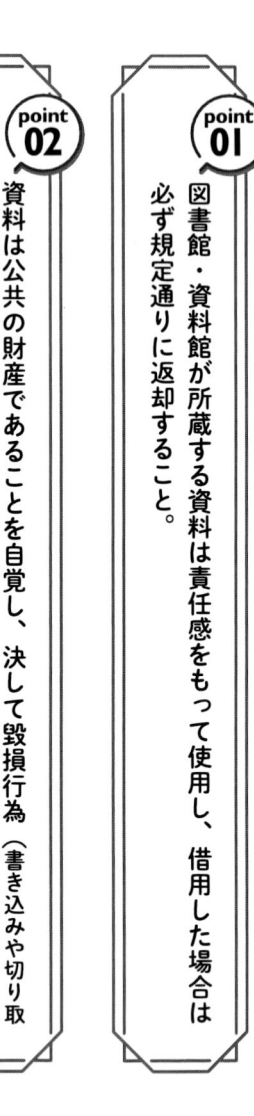

あたるという声明を発表しました。

プライバシーは、それを公表することによって生じる被害と、公表によって得られる公共の利益を天秤にかけ、後者が勝る場合にのみ公表が是認されるとされています。ですが、この判断をするのはとても困難です。もしも、皆さんが在学中、こうした問題に直面し、不安を感じたら、まずは指導教員に相談して下さい。

ここでは最低限の知識として、以下のことを指摘しておきます。

point 01 公開の判断は慎重に

本人（故人の場合は遺族や著作権継承者）が公開の意図を持って発表したもの以外の資料については慎重に扱いましょう。

近い将来、近現代文学研究の場では、SNSでの発信を研究資料として使用できるかという問題も生じてくるでしょう。「鍵アカ」での発信は「公表」と解してよいのかなどは、正直とても判断が難しい問題です。

point 02 インタビューなどを行う際は丁寧で誠実な対応を

近現代文学研究では、現役作家へのインタビュー調査が行われることもあります。

皆さんの中にも卒業論文の執筆にあたって、現役作家へのインタビュー調査を行う人が出てくるかも知れません。そうした場合、最低限、次の点を守って下さい。

・調査の意図を事前に伝え、必ず許諾を得ること。録音などをする場合は使用目的を説明し、先方の理解を得ること。
・当人の発言をレポートや論文に使用する際は、その箇所を事前に提示し、公表の同意を得ること。その際、相手方から発言の修正要求などがあった場合には、きちんと対応すること。

まとめ

研究は、個々の研究者の純粋な好奇心によって行われるべきです。しかし、そうした好奇心は、しばしば他者のプライバシーや尊厳とぶつかります。研究の第一歩を踏み出すにあたって、こうした問題が存在するということを覚えていて下さい。

（荒井裕樹）

II

文学理論

語り① 文学研究の前提

一九六六年に出された「物語の構造分析序説」でロラン・バルトは、物語分析として「機能項分析」・「行為項分析」に加え、「語り分析」という視点を提出しています。この時期、彼はこの三つで世の中にあるすべての物語が分析できると考えていたようです。やがて彼はその構想を捨てるのですが、小説とはどのような媒体なのかを考える際に、〈語り〉という考えはいまでもその重要性を失ってはいません。むしろ、〈研究〉における前提として共有されるべきものです。以下では、バルトの論を深化させたジェラール・ジュネットの著作『物語のディスクール』をもとに〈語り〉について記していきましょう。

〈語り〉論で重要なことは、小説（物語）は誰か（＝語り手）が語ることによって成立している、という前提です。たとえば夏目漱石の『こころ』を例にすると、「先生の遺書」で「先生」が「私」に向けて語って（遺書を書いて）いることや、前中盤部分では「私」がわれわれ〈読者〉に向けて語っていることは明白でしょう。『吾輩は猫である』という小説も、猫である「吾輩」がわれわれ〈読者〉に語っているわけです。このように、〈一人称〉の小説では語り手という存在に疑義は生じません。では〈三人称〉の場合はどうでしょう？　ちょっと気をつけて小説を読むなら、そこでも誰かがわれわれ〈読者〉に語っているように感じるのではありませんか？　「昔々、浦島太郎が〜」というお伽話を考えてみましょう。この場合でも、その出来事が「昔々」であるとする〈いま〉、われわれ〈読者〉に向けて語っている人物？　が想定されます。そのような、小説（物語）を語っている表現主体のことを〈語り手〉と呼びます。一昔前までは、それは〈作者〉だ、といっていました。でも考えてください。「太郎は悲しそうに見えた」という記述があったとき、架空の存在である太郎を「見ている」のが、生身の人間である作者であるはずがありません。〈語り手〉とは、あくまでも小説の記述から想定される存在で、それはむしろ〈機能〉であると考えることが大切です。あまり人間的に見なさないことですね。ちょっと難しいかな。

『物語のディスクール』でジュネットは、〈語り〉に関して〈時間〉・〈叙法〉・〈態〉という三つの範疇から論じていますｏ聞いたこともない言葉である後ろ二つは次にして、まずは〈時間〉から解説していきましょう。

物語の〈時間〉

ジュネットは小説（物語）を〈時間〉の面から分析する際に、〈物語内容〉と〈物語言説〉とのズレから考察しています。〈物語内容〉とは、その物語で語られる文字通り内容のことです。それに対して〈物語言説〉とは端的にいえば小説として語られている言葉自体のことで、この場合は私たちが小説を読む時間、といってもいいでしょう。先ほども例にあげた『こころ』でいえば、〈物語内容〉としては古から順に、A＝先生と自殺したKとの若い頃の交友、B＝先生と「私」の東京での関係、C＝実家に戻っている「私」の生活、という大きく三つの時間が考えられます。〈物語内容〉の時間は、出来事が起こった順序ですから入れ替わることはありません。しかし『こころ』というテクストは、その順序では語られていません。〈物語言説〉としては「B→C」がまず語られ、実家に戻っていた〈私〉に先生から手紙が届き、そのなかで「A」が語られるのです。小説を読み進める私たちには、そのような語りが選択されることで、影を感じさせる「先生」の過去が明かされることになるわけですね。このような時間の配列の不一致から生ずる形式を総称してジュネットは〈錯時法〉とよび、さらには後説法や先説法といった細かな形式について言及しています。これがジュネットのいう時間の〈順序〉です。

ところで、〈物語内容〉と〈物語言説〉との間で時間のズレが生ずるのは順序だけではありません。たとえば「それから一年たった」という一文Aを考えてみましょう。〈物語内容〉としてそこで表される時間は一年間です。しかし〈物語言説〉として考えると、この場合は読者が読み進める時間を考えるわけですが、わずか二、三秒でしょうか。このようなズレもまた、〈物語内容〉と〈物語言説〉との関係における時間のズレ、ということができます。このような、時間経過のズレを〈持続〉としてジュネットは考察しています。ドアを開いて主人公が入った部屋の様子が、二ページほど使って語られる小説場面Bを想定してみます。読むのに少なくとも一分はかかる箇所ですが、おそらく主人公の目にそれらの様子が飛び込んでくるのは一瞬、いや時間的にはゼロといってもいい。これは「一年たった」とは違いますよね。ジュネットはAを〈要約法〉、Bを〈休止法〉と名付けています。〈持続〉も細かな分類がなされるのですが、今回はとりあえずはここまでにしておきましょう。

（五井信）

語り② 〈叙法〉と〈態〉について

物語の〈叙法〉

たとえばAがBに結婚を申し込んだ様子を、小説ではどのように書かれるでしょう? 「AがBに求婚した」とそっけなかったり、「『結婚してください』とAがBにいった」と直接話法を用いて（カッコを使って）Aの発言がそのまま語られることもあります。さらには、「AはBに、彼と結婚してほしいといった」というように間接話法を用いることも可能でしょう。そのように、「どのように物語の情報が語られるか（再現されるか）」という点についてジュネットが考察するのが〈叙法〉です。

叙法は〈距離〉と〈パースペクティヴ〉に分けられ、右で記したのはおもに距離の例といえます。その問題系は、古くから〈ミメーシス（模倣による物語言説）／ディエゲーシス（純粋な物語言説）〉、〈Showing（示すこと）

／Telling（語ること）〉といった形で論じられてきています。いずれの場合も、直接話法を用いるのが前者、「求婚した」といったタイプが後者にあたります。実際？　の言葉や動作と物語言説の〈距離〉が近い方が前者、というわけですね。そして、二つの極の間には無数の表現方法があります。詳細は授業でお話しするつもりですが、たしかなことは、小説の表現にこだわる作家たちは、古来膨大な労力をかけて「どのように表すか」を考察してきた、ということ。そして、そのことに私たち読者は敬意を払い、その表現に気づいてあげたい、そう思うのです。ただし一方で、作中人物の発話にすべて「　」を付し、ページの下三分の一が真っ白な作家もいますね。そんなとき、僕は「下手な作家だなあ」と思ったり、「もう少し小説の技法について勉強しようよ」なんて余計なアドバイスをしたくなったりもします（笑）。

物語の情報がどのように（誰に寄り添って）語られているかについての考察が〈パースペクティヴ〉です。この問題系は、視点（Point of view）という語で従来説明されていました。映画分析の場合、なるほど映し出されるものは必ずカメラという一点を通すわけですから視点という語は有効でしょう。ただし小説の場合は、必ずしもそうではない。視覚以外の情報が伝えられるときもあるからです。そのためジュネットは、〈視点〉という語に代えて〈焦点化〉という語を採用します。たとえば〈内的焦点化〉といった語が用いられるのですが、これは聴き慣れた語でいえば〈内面描写〉と近いかもしれません。でも、ちょっと考えただけでも事情は複雑でしょう。通常の三人称小説の場合、語り手は多くの作中人物のうちから一人を選び、物語を語ります。しかし小説によっては、語り手は何人か複数の作中人物の内面を語りますし、作中人物の内面にけっして踏み込まない場合もあるのです。そのあたりを、ジュネットは語り手と作中人物の「情報量の差」によって区別しています。

物語の〈態〉

「誰が語っているのか」という問題系を扱うのが〈態〉

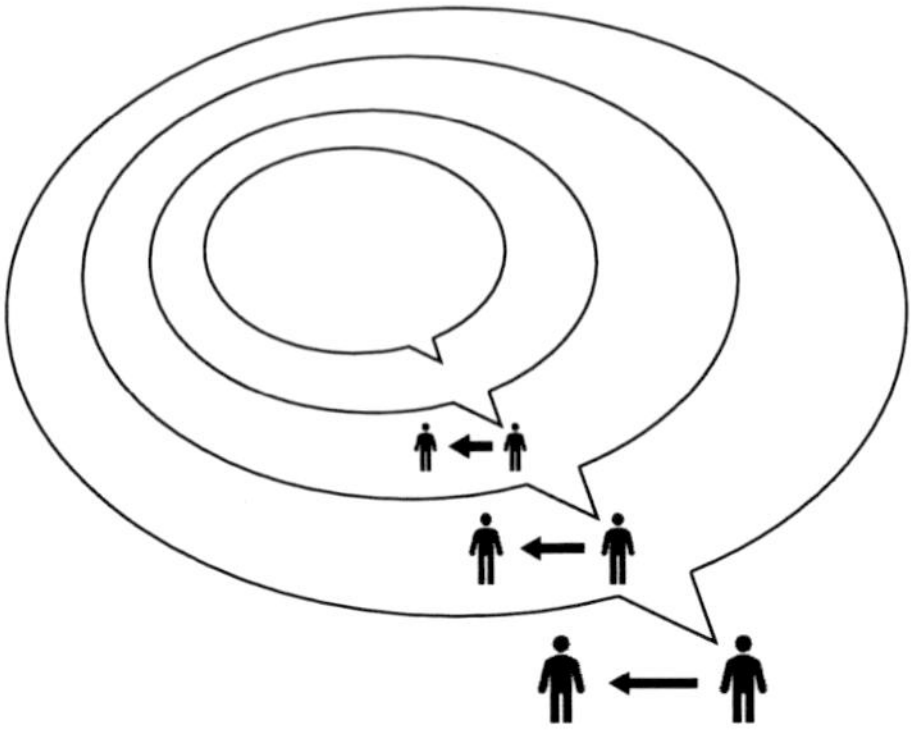

です。たびたび例に出す『こころ』で考えると、「上」・「中」における語り手である「私」と、「下」の語り手である「私」は異なります。「下」の「私」は、「上」や「中」では「先生」と呼ばれた人物でした。また、こんな小説も想像できます。「私」が何人かと談話していると、そのうちの一人が「もう十年前になるかなあ、こんなことがあったんだよ。私には好きな人がいてね、〜」とその人の過去の恋愛談がずっと続くというものです。この場合においても、同じ「私」でも両者は区別されねばなりません。ひょっとすると〈入れ子〉という用語を思い出す人がいるかもしれません。その通りですね、物語の中で、さらに物語が語られるパターンです。ただしこの場合も、いわばマトリョーシカ！のような場合と、それが並列的に語られる場合とが想定できます。そのような語りの考察を、ジュネットは〈水準〉と名付けています（上図を参照）。

態に関する重要な項目として、〈人称〉もジュネットは立てています。私たちは簡単に〈一人称〉や〈三人称〉という用語を使って分けてしまいますが、それぞれ〈等質物語世界的〉・〈異質物語世界的〉と名付けているのです。両者は「語り手が作中人物として物語に登場する」「〜物語に登場しない」によって分けられると定義されます。難しいですか。少し考えると、なるほどなあと理解してもらえると思います。そのように定義する理由は何か、それは授業でお話しすることにしましょう。

（五井信）

身体　身体を読む、身体から読む

身体の捉え方

本来、〈身体〉という言葉には幅広い概念が含まれます。かなり乱暴な整理ではあるのですが、ここでは次の二点に分けて説明します。

一つは、言葉には発話主体の身体感覚が現れるので、それに注目すると面白いという点です（例えば泉鏡花（一八七三〜一九三九）の小説は色彩感覚（視覚）が豊かですし、夏目漱石（一八六七〜一九一六）の小説は方向感覚がはっきりしています）。

もう一つは、小説の登場人物の身体に注目してみても興味深い発見があるだろうという点です。

不思議なことに、〈身体〉は様々な要因から影響を受けます。本節では、後者の点について「社会」と「記憶」という視点と絡めて考えてましょう。

身体と社会の連動

例として、津村記久子（一九七八〜）の短編小説『誕生日の一日』の一場面を見てみましょう。喫茶店に勤める「佐代子さん」は、ある日、初老の男性客から話しかけられます。二年前に妻と別れた男性は、最近生れた孫に会ってきたのですが、当の息子夫婦は自分に何の親しみも感じてくれなかったというのです。話し終えた男性は、「佐代子さん」に尋ねます。

> 店員さんは子供はいるのかい？　とたずねられて、佐代子さんは反射的に身を堅くしてしまったのだが、そうだ自分は事情を話す必要はないのだと思い直して、おりません、とただ平たく答えた。以前結婚していて、何年も子供ができなかったため、仕事を辞めてまで治療に通ったのだが、できなかった、とは言わなかった。元夫は、自分に原因があるわけがないと断言し、元夫の家族もそうだった。それで佐代子さんは家を出た。
>
> （傍線は引用者による）

ここで「佐代子さん」の「身を堅く」したものは何でしょうか。デリカシーのない客に驚いた、と言うこともあると思いますが、ここではもう少し掘りさげて考えてみましょう。

この場面からは、男性と女性の不均衡な関係をいくつも読み取ることができます。年長の男性客と年下の女性店員。抵抗なく個人的な話題を話せる男性と一方的に聞かされる女性。仕事を辞めてまで不妊治療に励んだ妻と不妊の責任を押しつけてきた夫。家族という味方がいた夫と味方のいなかった妻。家を出ざるを得なかった妻とそのまま家に居続けられた夫……等々。

この社会には、男女の間に不均衡な力関係が存在しています。個人の〈身体〉も、そうした社会の在り方と連動しています。固まってしまった「佐代子さん」の〈身体〉にも、こうした社会構造が重くのしかかったのでしょう。

社会の歪みは、しばしば個人の〈身体〉を通じて噴出します。逆に、個々人の身体の背後には、大きな社会が隠れています。普段、両者の繋がりは見えませんが、文学作品は時にこうした状況を可視化してくれます。

行為と記憶の連動

離婚後、アルバイトを掛け持ちしながら貧困ラインぎりぎりを生きる「佐代子さん」は、この後、自分で自分の誕生日を祝います。実は「佐代子さん」が元夫の家を出たのは八年前の誕生日でした。以来、誕生日が陰鬱な日となっていた彼女は、自分で自分を祝うために、かなり背伸びした値段のケーキとローストビーフを買い、一人で食べ、それなりに悪くない時間を過ごします。

誕生日を祝うという行為が、誕生日にまつわるつらい記憶をほぐしたのか。あるいは、時間の経過によってつらい記憶がほぐれたから、自分で自分を祝うという行為ができたのか。因果関係を整理するのは難しそうです。ここでは、「佐代子さん」の〈身体〉を舞台に、行為と記憶が複雑に連動している点を指摘するに留めましょう。

こうした視点から小説を分析しても、新たな発見が得られるのではないでしょうか。

（荒井裕樹）

境界・中心・周縁
世界の境目を読む

物語内の世界

往々にして、物語は異質な世界が混在するかたちで成立します。しばしば紹介される有名な物語の型「浦島太郎型」と「かぐや姫型」を例に考えてみましょう（ここでは小林真大『やさしい文学レッスン――「読み」を深める20の手法』（雷鳥社、二〇二一年、九七―九八頁）の図を参照します）。

物語内には「現実世界」と「異世界」があり、その間に「境界領域」が存在しています。登場人物はこうした世界を移動します。「浦島太郎」では、太郎は現実から竜宮城という異世界へと入り、そして現実へと戻ってくるのです。

多くの場合、この〈境界〉の部分でドラマが発生します。太郎は浜辺でいじめられている亀を助け、浜辺で開けることを禁じられた玉手箱を開けてしまいます。浜辺は現実と異界をつなぐ〈境界〉だと言えるでしょう。

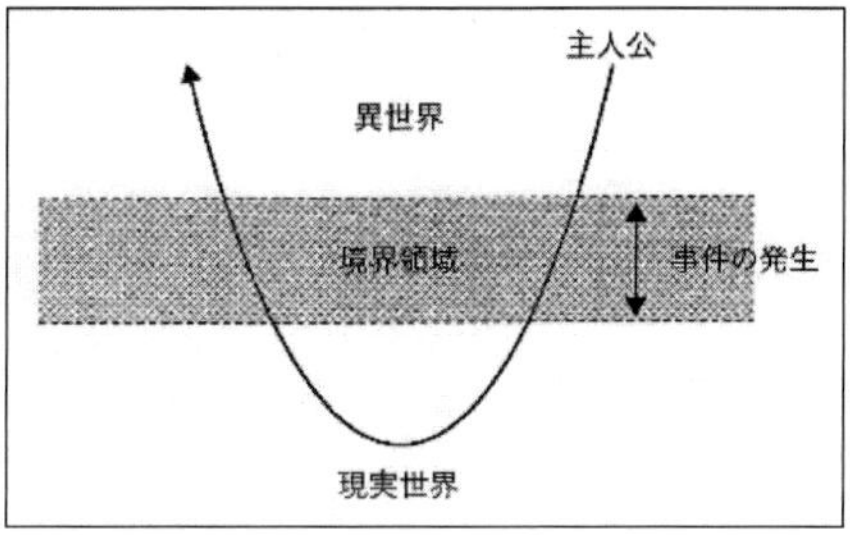

かぐや姫型

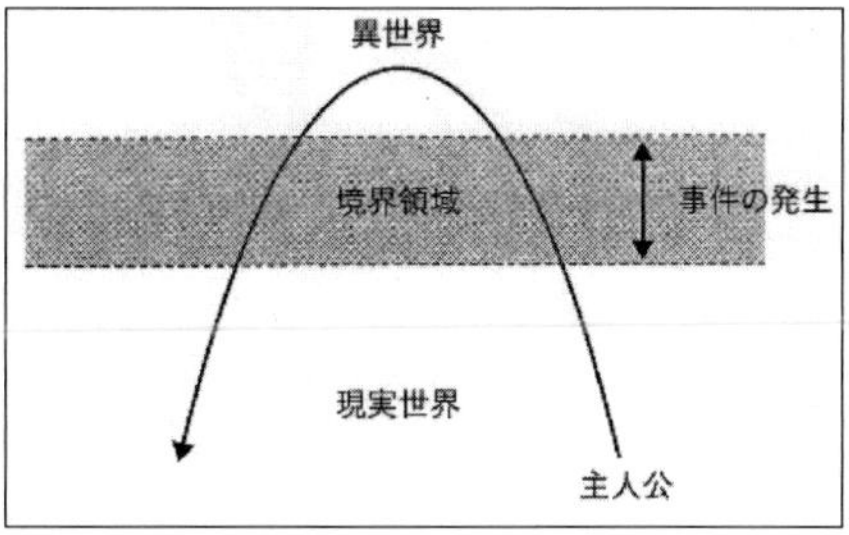

浦島太郎型

作品例

日本を代表するアニメーション監督・宮崎駿（一九四一～）の作品には、こうした型が巧みに織り込まれています（例えば『千と千尋の神隠し』は典型的な「浦島太郎型」に当てはまります）。ここでは『もののけ姫』を例に考えてみましょう。その際、もう一歩踏み込んで、〈中心〉と〈周縁〉という概念も加えてみます。『もののけ姫』は中世の日本を舞台に、人間ともののけ（神々）との間で繰り広げられる争いを描いた長編アニメです。作品内で対立する人間ともののけの世界には、その内部に厳格なヒエラルキーが存在しています。

人間界の頂点には帝（天長様）が君臨し、その下には武士（侍）たちがいて、最下層にはエボシ御前率いる集落の人々（多くは女性）がいます（その集落の中でも最も下に包帯だらけの病人＝ハンセン病者たちがいます）。一方、もののけ界の頂点にはシシ神がおり、その下には犬神（モロ）や猪（乙事主）がいて、更に下には猩々やコダマたちが存在しています。人間からすればもののけ界が、もののけからすれば人間界が異界になります。

世界の頂点に君臨する者は、同時にその世界の〈中心〉に存在しています。一方、下層に位置する者たちほど、その〈中心〉から遠く離れた周縁に追いやられます。帝は日本の〈中心〉（都）にいて、作品には登場さえしません（命令書だけ出てきます）。シシ神も森の最深部にいて滅多に会うことができません。

人間界の下層に置かれたエボシの集落は、都から遠く離れた場所にあり、シシ神の森と接しています。そこは人間界ともののけ界の「境界領域」であり、常に衝突と紛争が繰り広げられています。

人間界で虐げられたエボシたちは、武士やもののけたちから自衛するために石火矢で武装しています。そのの燃料を得るために森の木を切り、もののけたちから怨みをかいます。そのため更なる武装が必要になるのですが、その自衛力が帝や武士たちから都合よく搾取されてしまいます。

このように『もののけ姫』では、人間界の〈周縁〉＝異界との〈境界〉に置かれた者たちが苦闘しつつ生きる様子を巧みに描いています。

（荒井裕樹）

読者論
読み手として自立することから

文学研究をはじめようとする時、〈読者〉について改めて考える必要が出てきます。大きくまとめると、一つには〈読者〉としての自分自身がどのように作品に向きあうべきかという問題、二つには自分以外の過去の〈読者〉たちの声をどのようにとらえるかという問題、三つには物語の中における〈読者〉をどう分析するかという問題、この三つを理解しておくことが必要です。

一つめの問題から考えましょう。高校までは正解とされる読み方を先生から教えられ、テストでそれを書けば良かったのではないでしょうか。また、その説明の中で「作者が執筆意図を説明しているから、この部分はこのように読むのが正しい」と説明を受けたこともあったかもしれません。しかし、大学では違います。なぜならば、大学の授業では教員が決まった正解を伝えることはないし、作品の意図を説明する作者の発言を見つけても、それで正解が出て終わり、ということにはならないからです。〈読者〉ひとりひとりが自力で、真摯に分析を重ねることで読みを切り開いていかなくてはならないのです。

となると、必然的に「私はどのように作品と向かい合い、どのように読むべきか?」という問いかけが生まれ、〈読者〉としての「私」が振り返られることになります。実は、同じ〈読者〉など存在しません。読書の経験や習慣、家族・学校・地域などにおける読書を含めた文化環境、生きる時代や地域などの違いによって、人の数だけ〈読者〉の種類が存在すると言っても過言ではありません。多様な〈読者〉のひとりとしての「私」はどのように作品に向かいあえばよいのでしょうか。

「読書感想文を執筆する時のように、過去の自身の経験を個性的かつ修辞的に綴ることを念頭に置きながら読めばいい」と考える人もいるでしょうが、違います。個人的な経験、主観的な連想などがそのまま表現されてしまっては、それを学問として共有・継承していくことは困難です。〈読者〉が多様だからこそ、逆に、理科系の学問と同じように、読むために必要な手続きをすべて遂行した理想的な〈読者〉に近づこうとするのが一つの有効な方法だと考えられています（ヴォルフガング・イーザーは『行為としての読書』で「理想の読者」「内包された読者」という言葉を使っています）。

二つめの問題は、〈読者〉が多様に存在しているのにそれを排除してしまうだけでよいのか？　という問題とつなげて考えることができます。時間がしばらく経ってみると、過去の時代に、現在の私たちとは異なる一つの確かな傾向をもつ〈読者〉層を発見できることがあります（むしろ現在と過去で同じ読みをしていることの方が少ないです）。イーザーは「同時代の読者」と呼んでいますが、「理想の読者」と異なり、こちらは作品発表当時に雑誌や新聞に書かれた反応（「同時代評」と呼びます）などを調査すれば、資料の中に発見することができる〈読者〉です。この〈読者〉について調査することは現在の研究において有効な方法だと評価されています。作品を読む時は、「理想の読者」となれるように精緻に分析・研究することに加えて、歴史学者が史料を、考古学者が地層や化石を研究するように発表当初の反響を同時代評に探ることで、文学研究は多層的になり、学問的な価値をより高めることができるのです（前田愛『近代読者の成立』は、近代文学における〈読者〉の問題を多面的に研究しています）。

一つめ、二つめの問題は現実に存在している読者の問題でしたが、三つめの問題における〈読者〉は物語の中にいます。「語り」の項目にある通り、小説において語り手の存在は重要ですが、物語内に存在する一人称の語り手の語りを受ける二人称の人物など、小説の中に語り手の語りを受ける存在を想定できる場合があります（ジェラール・ジュネットは『物語のディスクール』で「聴き手」と名づけています）。語りの問題の重要性に比例して、このような場合には「聴き手」としての〈読者〉に留意する必要もあります。

〈読者〉について考えてきましたが、確かなことは、文学研究において「誰が読んでいるのか」という問題は、つねに看過できない重要性を持っているということです。まずは多数派の読みに流されることなくみずからの読みを遂行できる〈読者〉として自立することが重要ですが、自立を果たしたあとには、過去の〈読者〉たちの声に耳を澄まして、自身の読みを相対化することが求められます。さらに、物語の中における「聴き手」にも注意する。文学研究が作家を調べるだけで終わらず、作品をどのように読むかということまで求められる時、〈読者〉は作家・作者に劣らぬ重要性を持つことになるのです。

（瀧田浩）

都市論 有機体として考える

都市について

東京や京都、札幌、神戸、あるいは名探偵ホームズが歩くロンドンでもかまいません。小説で描かれる都市の貌《かお》は、日ごろ私たちが接するその都市と似ています。当たり前のことです。でも同時に、小説に描かれた都市は、私たちの知る都市とはどこか違う面影を私たちに与えるのではないでしょうか。この小説に出てくる街は、私の知るあの街とは違う――。なぜ、そのようなことになるのでしょう?

古典を読むとき、仮にそこで描かれるのが京都であっても、私たちは現在の京都を思い浮かべることはしません。これもまた当然のことでしょう。時代が異なるから、です。しかし、こと近現代文学を読む場合、私たちはついつい現在の街を通して読み進めます。ですが、一年、いや数日で街並みが変わることもある都市ですから、小説が書かれたときの都市と、それが読まれる時点での都市とでは、つねにタイムラグが生じます。近現代文学を読むときには、警戒心が少し薄まるのかもしれませんね。このことが微妙な違和感に通じる理由の一つでしょう。あるいはまた、こんな理由も考えられます。作者と読者の年齢差、性差、興味の違い、その町に住んだ経験の有無……。都市は、時間経過とともに変化すると同時に、それと関係する人によっても姿を変える、いわば有機体ともいえる存在なのです。自分にとって見慣れた街が、他の人の目には異なる街として映っているかもしれない。そのような発想は、僕にはとても興味をそそられます。さらに、小説で描かれた時代や都市のあり様をあれこれ調べる過程で自分の「目から鱗が落ちる」経験は、一種の快楽でもあるのです。

〈都市論〉という語の意味する範囲はとても広範です。ここでは、ロラン・バルトの記号論が強く意識された前田愛『都市空間のなかの文学』を嚆矢とした、都市論的な文学研究のアプローチについて見ていきます。

このような試みで目指すところはどこでしょう？　とりあえずここで提出しておきたいのは、「同時代の読者が、どのように読む可能性があったか？」という問いです。テクストで語られる様々な都市にまつわる言葉／記号が、それが発表された時点でどのような〈意味〉を持っていたかを調べることで、現在の私たちが想起する小説世界とは違う小説世界の読みの可能性を探ろうというわけです。先ほど述べたことを言葉を変えて記せば、その結果、自分がいかに毒されているか、そんなことの気づきがあると、都市論的アプローチはもうやめられません。

小説を都市論から読む

本書に収められた田山花袋『少女病』は、都市論的文学研究の観点から見てとても興味深い小説です。日露戦争（明治三七～三八年）後、東京は一気に西に広がり、その先にある武蔵野を侵食します。明治四〇年の春と舞台が想定される『少女病』ですが、主人公である杉田古城が住むのは千駄ヶ谷の、文字通り新興住宅といえる場所。直接書かれることはなくても、発表時の読者には、古城がそれだけで東京の〈新参者〉と思われたことが想像されます。

古城は、前年に開設したばかりの代々木駅から甲武線（現在のJR中央線）で御茶ノ水駅へ、さらに外濠線に乗り換えて錦町三丁目へと電車を使っています。その意味で彼は、かなり初期の電車通勤者といえるかもしれません。忘れてならないのが、汽車や電車が、見知らぬ者同士を同じ空間で一定時間共有させる、それまでにはなかった近代の装置だということです。だからこそ古城は、電車の中で〈女学生〉を観察することができた。明治三二年の高等女学校令の施行以来、〈女学生〉は一気に注目を浴びる存在となりました。現在、大学の卒業式で見かける袴姿の女学生の記事を、当時の多くの新聞や雑誌で見ることができます。じつは、古城の視線には数多くの読者の視線が重ねられているのです。数多くの女学校があったわけですから、当時の東京を考えた場合、〈女学生〉はいまの私たちの想像をはるかに超える〈記号性〉を持ったものでした。〈流行〉や〈風俗〉といったものも、間違いなく都市を構成する一部なのです。

『少女病』で描かれるのは一〇〇年以上も前の東京の姿だから〈記号性〉の発見があるのは当然だ、との批判があるかもしれません。しかし時代を共有していても、微妙な違いは残ります。近年、都市論では〈ヴァナキュラー〉という語が脚光を浴びています。『東京ヴァナキュラー』の著者ジョルダン・サンドは、すべての都市は「その都市だけのヴァナキュラー、すなわち住まうことをめぐる地域の歴史によって形づくられた作法・空間・感覚の言語をそなえている」といっています。立派なモニュメントではなく、地域に根ざしたささやかなモノからの考察をサンドは試みているのですが、そのような視点は文学研究においても重要でしょう。なんといっても文学の多くは、私たちの日常、それもささやかな日常を描いているのですから……。テクストに書かれている、ヴァナキュラーな声を見落とさずに掬い上げること。そのような振る舞いが求められているのです。

（五井信）

マルクス主義文芸批評

階級差を意識する

唯物論と階級闘争

マルクス主義は、ドイツの思想家マルクス（一八一八～一八八三）の主張に基づく社会変革の理論です。十九世紀のヨーロッパの労働者は、物作りの中心的な担い手でありながら、余裕のない暮らしを強いられていました。少数の資本家が富を独占する状況に矛盾を感じたマルクスは、社会運動に身を投じていきます。マルクスは、国や民族の垣根を越えた労働者、すなわちプロレタリアートの団結によって革命が実現できると考えました。

マルクスの主張の支えとなったのが、唯物論的弁証法による歴史認識です。彼は、人間社会を経済的な基盤（下部構造）と政治的、思想的な枠組（上部構造）とに分け、前者が後者を規定するととらえました。物質的な豊かさ（下部構造）によって、精神のあり方（上部構造）は広がる範囲を区切られることになります。社会全体が貧しい時は、富は一部の者しか手にすることができませんが、生産手段の向上によって、より多くの人間に行き渡っていきます。ただし、社会の変化は、すぐには起こりません。まず下部構造の水準が押し上げられ、現実と見合わなくなった上部構造の制度や考え方が改められるに至ります。現実の矛盾から進んだ段階への発展を探る発想を弁証法と言い、マルクスにおける歴史の基本的なとらえ方になっています。

歴史は支配する者とされる者との階級闘争の連続であり、王から貴族、貴族から富裕層へと支配階級がより多数の者に移行してきたことを踏まえれば、次の担い手は当然労働者階級である、と彼は予測しました。

来たるべき未来をいち早く実現する方法が革命運動となります。富裕層と貧困層との格差が開き、利害対立が深刻化する困難の中で、労働者を組織化し、国際的な連帯による闘争を通じて生産手段を共有し、平等の社会を実現することがマルクス主義では目指されています。

格差へのまなざし

　マルクス主義は、現実を変えるための運動論です。とはいえ、実践の前提として世界は客観的に見つめられねばならず、唯物論の立場が選ばれます。マルクス主義文芸批評は、文学への応用であり、登場人物や語り手の主観を離れて作品をとらえ直しを行います。物質的な豊かさによって階級差が生みだされていきますが、貧富の差は、単に衣食住の違いに現われるだけではありません。教養形成にかけられた手間や期間によって、例えば趣味やふるまい方が異なってきます。生活のゆとりは、どれだけ先のことが想像できるかという時間感覚にも影響を及ぼします。思考や感性は自身がはぐくんだものとわたしたちは思っていますが、特定の状況において考えたり感じたりすることには、環境によって制約されている部分があります。

　泉鏡花『外科室』には、社会的地位が高く、容姿や能力に恵まれた男女が理想化されて登場します。貴船伯爵夫人の噂をする「商人体《あきうどてい》の壮佼《わかもの》」は、自分たちとは違う世界の存在として彼女を見ています。両者の階級差は、明らかでしょう。本作では貴船伯爵夫人と高峯医学士との秘めた恋愛感情、プラトニック・ラブが描かれていますが、外に現われない気持ちを長い年月保ちえたのは、生活に余裕があったからかもしれません。言葉を交すこともなく相手に好意を持つこと自体、暮らしの豊かさがもたらした反応と言える部分がありそうです。

　貴船伯爵夫人は、外科手術での麻酔を拒みます。秘密を口走ることを恐れての決意ですが、麻酔処置は当時最先端の医療技術で、費用も今よりはるかに高額でした。西洋医学の恩恵を受けることができる境遇がドラマの前提になっていることにも、目を向けたいところです。

　志賀直哉『小僧の神様』は、屋台のすしをめぐる秤屋の小僧仙吉と貴族院議員Aとのすれ違いの話です。二人の格差は歴然であり、すしへの関心もおよそ異なっています。思うようにすしを食べられない仙吉に同情したAは、感謝されることへの気おくれから、ごちそうすることをためらいます。Aの同情や気おくれといった感情は、仙吉には意識されていないもので、やはり階級の産物ととらえることができます。

現実の矛盾が解決されない限り、文学作品には不平等な世界が反映されることになります。人と人とは対等ではなく、隔たりがさまざまなところに現われます。格差をまなざすこと、つまり、階級性の観点から非対称な関係性を読み取っていくことがマルクス主義文芸批評では重視されます（作者が意識できているかどうかは、問いません）。例示したように、物質的な条件ではなく、感情や趣味も検討の対象になります。また、人の扱われ方にも注目する必要があります。かつて中上流階級の家庭内労働を支えた「女中」は、雇われている家が舞台となった作品でもほとんど描かれることはありません。まるでいないかのように扱われる者がいることに気づく時、近代小説が持つ一つの偏りが見えてくるでしょう。


（山口直孝）

精神分析批評
抑圧された欲望と無意識

フロイトによる始まり

〈精神分析〉は、オーストリアの心理学者フロイト（一八五六〜一九三九）が神経症の治療のために編み出した方法です。症状の原因を突き止めるために、彼は、自由連想などによって得られた患者の記憶を重視しました。〈精神分析〉は、臨床における具体的な取り組みを指しますが、欲望と抑圧とをめぐるフロイトの学説全般を表す場合もあります。ここでは後者の意味で〈精神分析〉を用いています。

フロイトは、神経症患者においてしばしば幼少期の性体験が影響していることに注目し、そこから独自の自我形成の理論を作っていきました。人間の活動の源となっている力を彼は、リビドー（性衝動）と名づけています。本能を持たない人間においては、リビドーは最初方向づけられておらず、しつけや教育によって対処の仕方が学ばれていきます。欲求を満たしたい衝動を持ちつつ、それをがまんし、機会や対象を選んで発散させることを、人は求められます。意識の中で理性的にふるまおうとする部分をエゴ（自我）、抑制された欲望を抱えた情動的な部分をエス（無意識）とフロイトは区分しました。エゴにとってお手本となる権威のある存在は、スーパーエゴ（超自我）と呼ばれます。赤ん坊から幼少期を経て成人になるまではリビドーを調整するためのエゴの形成期間ととらえられました。

リビドーは普段は管理されていますが、過剰なエネルギーとして常にはけ口を求めています。リビドーが周期的に発散されることをエロス、一回的で主体を破壊するように放出されることをタナトスと言います。タナトスの実現は、死に直結します。人が欲望を持ち、無意識に充足を求めており、自己破壊衝動さえ抱えているというフロイトの把握は、理性を重んじるそれまでの人間観と真っ向から対立するものでした。神経症は、リビドーの体制化における社会規範からの何らかの逸脱によって引き起こされ、幼少期のトラウマ（心的外傷）に由来することもあると考えられました。

フロイトが活動した十九世紀末から二十世紀前半は、男性中心の社会であり、家族においては、父親（夫）が家長であり、母親（妻）や子供は従うのが当然とされていました。フロイトの理論も、時代の制約を受けており、子供の成長は、母子一体化の状態を引き裂かれ、父親の権威を受け入れながら、母に向けていた欲望を抑制していく過程と説明されています。心理の面から見ればそれは、情動だけがある段階から、エゴとエスとが分離していき、エゴがエスを、すなわち意識が無意識を管理する段階への変化と言え、ことばを学んでいく道のりとも重なります。フランスの精神分析学者ラカン（一九〇一～一九八一）は、意識および無意識の形成と言語能力の獲得とに対応関係を認め、言語能力を身につける以前、移行期、以後のそれぞれに主体が所属する世界を「現実界」、「想像界」、「象徴界」と呼んでいます。ことばによって世界を意味のあるものとして受け入れることと欲望を調節することとは表裏一体の関係にあると、ラカンは考えました（これまでの説明を図に表したものが、左頁の図になります）。

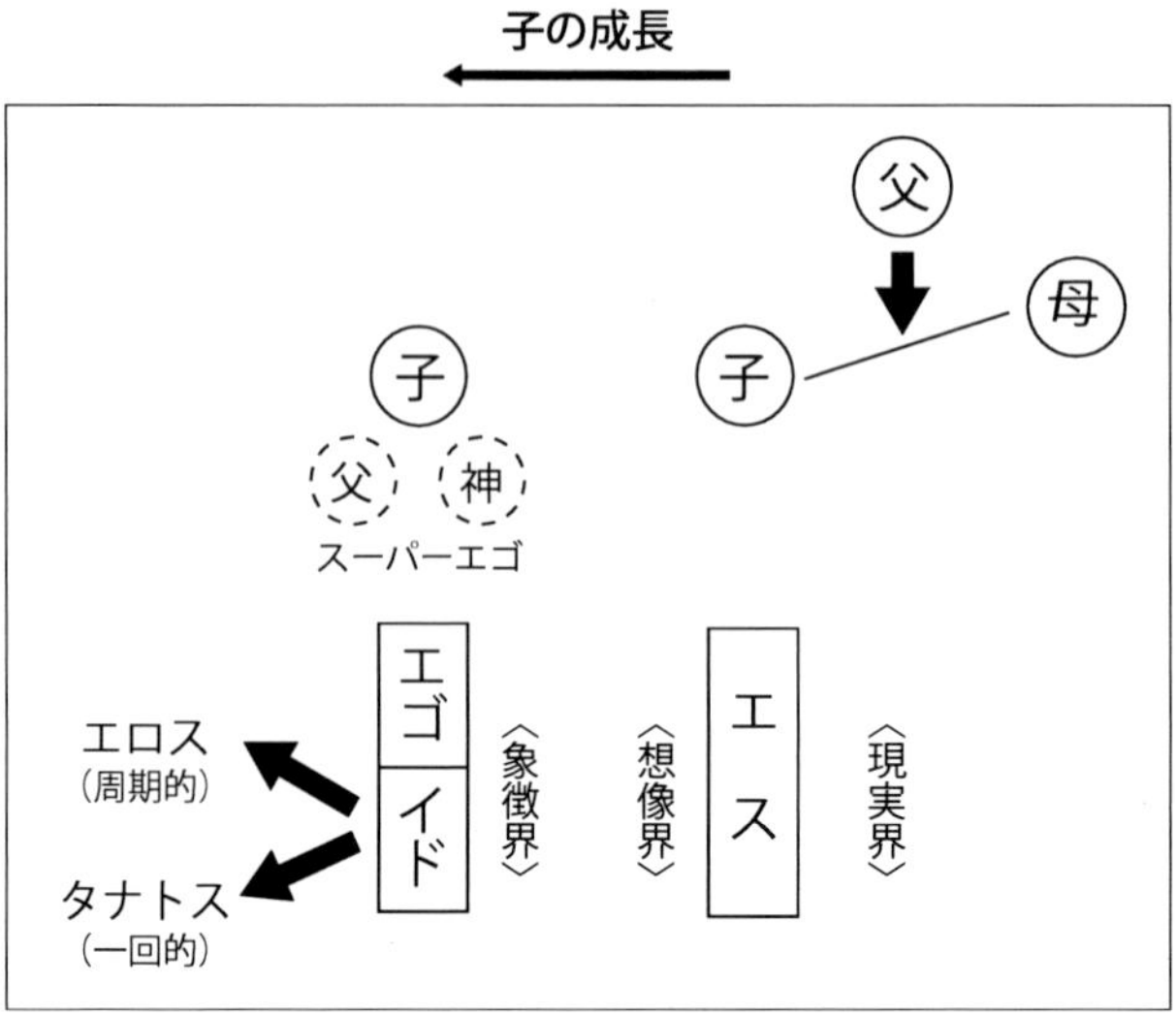

無意識が現れるところ

人間は、欲望とそれを禁じる掟との二つに引き裂かれている二律背反的な存在です。集団を維持していく上で行動に制約を設けることは必要であり、時代や場所によって様相を変えつつ、タブー（禁忌）が設けられてきました。近代は、自己管理が求められ、また、守るべき規則も多い時代です。個人にとっても、また社会においても息苦しくなる局面がしばしばあります。隠された欲望は、ふとした時に現われ、問題のありかを示します。フロイトが挙げたのは、言い間違いや夢などでした。主体の意識しない部分をも反映するということでは、イメージを用いる表現である文学も、それらと同質の部分を持っています。

精神分析批評は、作品における無意識の領域に迫ろうとするものです。登場人物の内面を考察する心理分析とは異なるので注意してください。人が何をしようとしているかではなく、結果としてどうなったかが問題になります。言動においても、一貫性よりも不自然さや繰り返されていることに目は向けられます。対象となるのは、登場人物にとどまらず、語り手や作者も含まれます。展開における不自然な飛躍や、特定の事物や情景への執着は、大きな手がかりとなります。作品の意図を超え、作者の、さらには時代の欲望の形をとらえることが精神分析批評の目標です。臨床医が患者を観察するように、読者は作家と作品とを離れて眺め、徴候を読み取ることが求められます。対象の外部に立つことは、共感することとは正反対の行為ですが、批評する者自身の思考を反省的にとらえる機会ともなるでしょう。

（山口直孝）

エディプス・コンプレックス
ギリシャ悲劇の父殺し

神託に翻弄される人間

コンプレックスは、さまざまな想念の集合体を指すことばで、〈複合観念〉などと訳されます。〈劣等感〉を意味すると受け取られることがありますが、それは、インフェリアー・コンプレックスに対応し、コンプレックスの一部にすぎません。

少女に対する偏愛を指す〈ロリータ・コンプレックス〉や理想の相手を空想的に待ち望む〈シンデレラ・コンプレックス〉などのことばを、聞かれたことがあるかもしれません。ある時代や文化に顕著に見られる性向を、文学作品にちなんで名付けることがしばしば行われます。〈エディプス・コンプレックス〉は、最もよく知られたもので、父親の存在をひそかに憎む子の心理を説明する概念です。名称は、紀元前五世紀に作られたギリシャ悲劇『オイディプス王』（ソポクレス作）

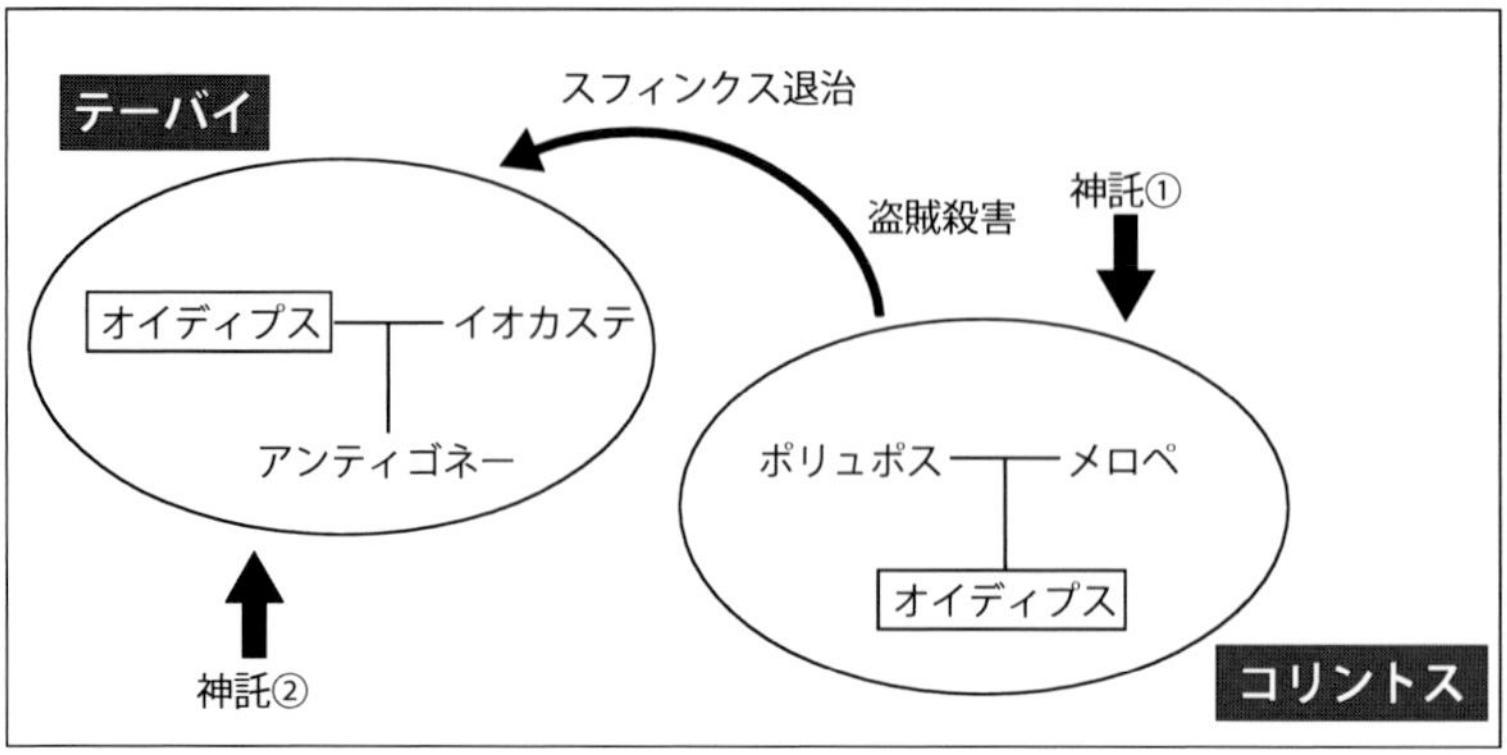

オイディプスが捉えていた状況

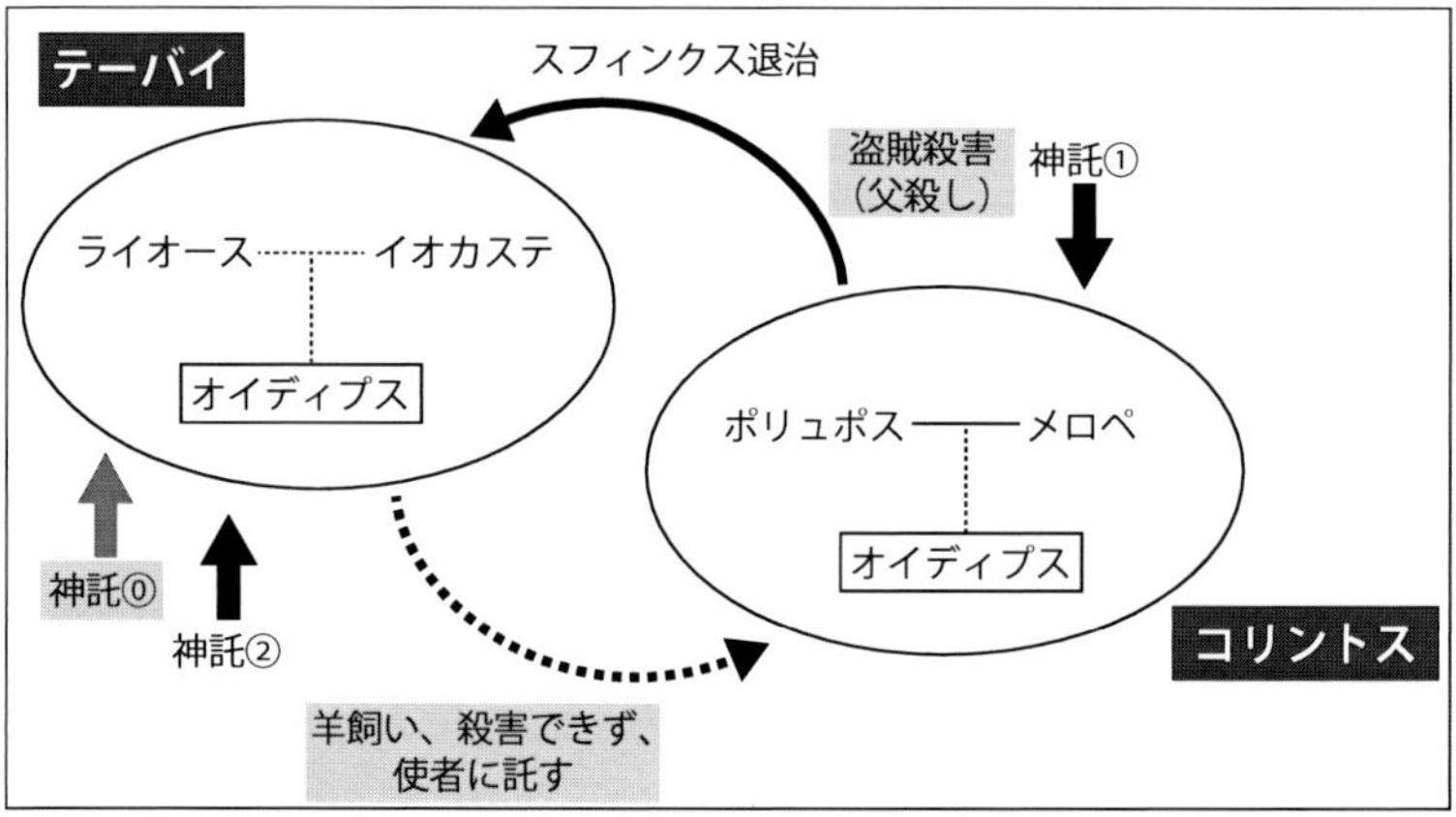

明らかになった真実

に由来します。

古代ギリシャは、地中海貿易で得た富によって都市連合体、ポリス国家を発展させていました。奴隷制度に基づくものですが、支配層の中では民主的な政治運営がなされ、哲学や文学の領域でもすぐれた成果が生まれました。近代の個人の意識に通じる内面形成が、いち早く実現していたと言えそうです。

『オイディプス王』の内容を簡単に紹介しておきます。都市国家の一つテーバイは、飢饉と流行病とに苦しんでおり、王のオイディプス（エディプス）はアポロンの神託によって原因を知ろうとします。先王ライオースを殺した者の汚れのためと告げられたオイディプスは、探索の中でほかならぬ自分が下手人であることを知り、驚愕することになります。

なぜ自分でも気づかずに父殺しの大罪を犯すことになってしまったのか。話は、オイディプスの生まれた時にさかのぼります。先王ライオースとイオカステとの間に生まれた彼は、成長すれば父を殺すであろうという神託があったために命を奪われそうになります。しかし、始末を命じられた羊飼いが憐れみ、オイディプスは死を免れます。使者に託された彼は、やがてコリントスの王であるポリュポスと妻のメロペとに引き取られ、子として育てられることになりました。

成人したオイディプスは、デルポイの神託が父を殺し、母と結婚して子を生むと予言したことを受け、事態を避けようとコリントスを離れます。旅の途中で会った一行と争いになり、一人の男を撃ち殺したオイディープスは、その後スフィンクスを倒し、人々に請われてテーバイの王となりました。彼は、イオカステと結婚してアンティゴネーとイスメネ、二人の子をもうけます。自身の素性を知らなかったがゆえに、神託と反対の行動を取ろうとして、かえってオイディプスは、父を殺し、母と交わっていたのでした。絶望した彼が自らの目をつぶし、追放を願い出るところで舞台は終わります（作品の展開および構図については、上の図を参照してください）。

探偵小説との関わり

運命に抗うことのできない人間の無力さを描いたギリシャ悲劇を、フロイトは個人の欲望の物語と読み替えました。父を殺して母と関係するオイディープスの行為は、無意識のなせるわざであるという大胆な解釈をフロイトは提示しています。母と一体化していた幸福を父の介入によって引き離され、独り立ちを促された子は、父を参考にして成長しつつ、心の奥底では憎んでいると見なされます。父への二律背反的な感情を子が持つことを典型化してみせた〈エディプス・コンプレックス〉の概念は、家父長制を引き継いだ近代の家族のあり方を考える上で広く用いられています。文学研究でも家族を描いた小説の展開、あるいは登場人物の家族観や行動を分析する際にしばしば参照されます。

父殺しの下手人を探し、己が犯人であることを知る。できごとの背景には、父が自分を始末しようとすることがあった。オイディプスは、被害者であり、犯人であり、探偵でもあります。三つの役割を主人公一人が引き受けている『オイディプス王』は、探偵小説とは何かを原理的に考える上でも参考になります。被害者、犯人、探偵がそれぞれ別人格である作品が一般的ですが、欲望と抑圧との間に生きる私たちは、被害者にも犯人にもなりえる存在です。また、自身の葛藤を暴露し、重圧から解放されたいという衝動に駆られることもあるでしょう。『オイディプス王』は、自己探求と自己破壊との物語であるという一面を持ちます。人間は自分を知ることに常に失敗する不完全な存在であることを示しているという見方ができます。

二五〇〇年以上も前のドラマが現代人の心を説明する手がかりとなるのか、あるいは、文学作品を現実に適用することは妥当かなど、〈エディプス・コンプレックス〉についいては、問題も指摘されています。単に概念を作品に当てはめるだけではなく、本当に有効な考え方であるのか、立ち止まって検討することも大切です。

（山口直孝）

フェミニズム・ジェンダー批評
性と欲望

フェミニズム批評

フェミニズム批評は、性差をめぐるイメージや役割、それらを支える概念体系等について、文学や文化を通して特に女性の視角から考えるための理論です。一九六〇年代のアメリカなどにおける女性解放運動、すなわちフェミニズム運動と結びつきながら、その理論的側面を飛躍させてきたフェミニズム批評は、社会における権力の分析と深く結びついています。例えば、家族の中の年長男性が女性や年少男性を保護／支配する権利をもつ家父長制への注目があげられます。日本では一八九八（明治三一）年に明治民法が公布され、家長は家族の居所指定、婚姻を許諾する権利など強大な力をもちました。また家督相続は男子優位を原則とし、妻は単独で財産上の法律行為ができない無能力者とされました（これは一九四七年の民法改正まで続きます）。

この家父長制は、絶対主義権力に従順な〈臣民〉をつくるという国体維持の思想と絡み合いながら、女性の社会的地位の劣位や従属性を正当化する概念体系を支える装置として機能することになります。文学についていえば、近代の文壇や読者共同体も男性が中心であり、女性の書き手は周縁的存在とされました。教科書で学ぶ文学史に女性作家が少ないのはそのためですが、同時に、文学史を編纂する側が男性を優位とする見方を深く内面化していたことも否定できません。フェミニズム批評は周縁化された女性作家たちの作品にも注目し、性差による抑圧や疎外が、狂気や自己喪失として作品に描き込まれていることを読み解きました。なお、今日簡単に読むことができる近代文学作品は男性の視点で描いたものが多く、女性登場人物は客体化されて描かれる傾向があります。登場する女性たちは男性のまなざしの対象とされ、その内面は空白に据え置かれたままに外面がかたどられるのです。〈謎〉とされた女の内面は、男性登場人物や読者の知りたいという欲望を掻き立てる役割を果たしてきました。

例えば、田山花袋『少女病』の男は、性的魅力をたたえながらもそれがまだ夫に所有されていない時期の女性、すなわち少女をまなざし、その内面や生活を妄想することで自らを慰めています。少女の対極に置かれた妻の内面も語られず、更に少女は彼の文筆によるる生活を支えるネタでもあるのです。

また泉鏡花『外科室』に登場する貴婦人は、麻酔を拒むという主体的意志を見せますが、その理由は明かされません。読者は『少女病』の主人公のように（?）、空白にされた美しい貴婦人の胸の内を想像で補うことで物語を楽しむのです。なお、この時代には刑法で姦通罪が制定されており、既婚者が不倫をした場合に夫は罪を問われませんでしたが（相手に夫がいる場合は除く）、妻は処罰の対象とされました。貴婦人が麻酔を拒む以上の主体的意志と行動を見せれば、死とは異なるリスクを抱えることになったでしょう。純愛とも評される彼女の美しい控えめな意志表示とは家父長制下の法や規範が容認し得る範囲の行為でもあるのです。

ジェンダー批評

フェミニズム批評は、作品や文学史に潜む女性の声や客体化された女性のイメージを明らかにしてきました。しかし女性も一枚岩ではなく、男／女という括りを自明なものとして語ることは、そのカテゴリーと交差するかたちで存在するはずの階級や民族、人種、セクシュアリティ等々の差異を抑圧することにもなりかねません。ジェンダー批評はフェミニズム批評を引き継ぎながら、更に、男／女という二元化された性差のカテゴリーが歴史的、社会的、文化的に構成されたものであることに目を向けます。ジェンダーとは、歴史的、社会的、文化的要因によって共有されている性差の概念を指す言葉です。日常を支えるさまざまな制度や言葉、知識体系などは相互に関わりあいながら性差に対する認識を与える一群の言説として現れるのですが、それらの言説は個々の身体に男性／女性は社会の中でどのようにふるまうべきか、何をすべきで何をすべきではないかについて呼びかけます。このジェンダーの呼びかけによって立ち上げられる主体（主体を最初からあるものとしてではなく、呼びかけに応じてはじめて立ち上がるものとここでは考えます）が、気づかぬままにその呼びかけに応じる行為を繰り返すことで、結果としてジェンダーアイデンティティが構成されると考えてみましょう。だとすれば、ジェンダーとは実体ではなく、言説やそれに呼応する人びとの行為の反復の結果として現れるもの、ということになります。ただし、反復される行為がつねに同じものになるとは限らず、また呼びかけが成功するとは限りません。これらのずれや失敗の可能性は、ジェンダーが決して固定されたものでも自然なものでもなく、変容可能なものであることを示してくれるのです。

また、ジェンダーは階級や民族など他のアイデンティティを構成する要素と交差し、歴史的、社会的、文化的文脈とも関わって現れます。例えば目取真俊『水滴』のウシは、当時の女学生に求められたような良妻賢母的な〈女らしさ〉に彩られた人物ではありませんが、ケア労働の担い手という点では女性ジェンダー役割を自らのものとして行為する人物といえます。また怪我をした石嶺を心配して水筒を渡す女学生として登場するセツもケア的役割を担う人物です。そしてセツからもらった水を一人で飲み干し石嶺を置き去りにしてしまった過去をもつ徳正の体から出る水を、石嶺ら亡くなった兵隊たちが飲みにくるという展開は、ホモソーシャルな欲望の構図で読むことができます。ホモソーシャリティとは、家父長制社会の基盤となる男同士の絆を指し、ホモセクシュアリティとの差別化のために女の交換と排除を伴います。欲望とは対象自体を欲するものではなく、他者が対象に与えた価値（他の人が欲しがっているという価値）を欲するものである（他者の欲望を欲望する）と考えれば、男同士の絆における〈女〉とは互いの欲望を交換し合うための記号に過ぎず、本当に意識しているのは自分と同じように欲望の主体である自分以外の男ということになります。『水滴』では、セツが徳正に渡した水が〈女〉のような記号として機能しています。水は生命を維持するための生理的欲求の対象でもありますが、死んだ兵士たちにとっては欲求の対象というよりも、欲望の対象です。石嶺の分までも飲みほして沖縄戦末期の惨状を生き永らえた徳正の（体の中にある）水を飲む兵士たちが欲しているのは、実は水という対象ではなく、水を飲んで（所有して）生き延びた徳正（の生）であると考えれば、彼らの思いは実は徳正に向けられているということになります。そして徳正が記憶を抑圧するというかたちでつねに意識し続けてきた石嶺の登場で互いに向けられていた思いは表出され、男同士の絆の結び直しが図られます。自決というかたちでやはり戦場で死を遂げたセツが現われないことからも分かるように、ここに描かれているのは、裏切りによって断たれてしまったホモソーシャルな絆の回復なのです。ただし注目したいのは、石嶺との絆が再び結ばれる瞬間が性愛的比喩で描写されていることです。ホモソーシャルな男同士の絆は、互いに対する思いが性愛的欲望ではないことを確認し続けるためにホモフォビア（同性愛嫌悪）を伴うのですが、この作品は絆への欲望を性愛的描写で表現することで、欲望を区分する境界自体を揺さぶります。〈男らしさ〉が抑圧してきたホモセクシュアルな欲望と、ホモソーシャルな欲望との連続性を垣間見せることで、男性ジェンダー化した共同体が抑圧しているものの存在を示すのです。なお、ホモソーシャルな欲望をめぐる議論は、ジェンダー批評と隣接するクィア批評の領域で行われてきたものです。

フェミニズム批評、ジェンダー批評、そしてクィア批評は、歴史的に形成された法や社会制度、文化と、人びとの主体形成との関わりについて、性という観点から考えるための視点をもたらしてくれます。それは現代を生きる自分自身を考えるためのツールでもあるのです。

（中谷いずみ）

ポストコロニアル批評
私はどこにいるのか

植民地主義と植民地主義以後

ポストコロニアリズムは〈植民地主義以後〉と訳される言葉です。植民地とは、政治的・経済的に他国によって支配された地域を意味する言葉で、ここでは属領、保護国、保護地、租借地、委任統治領などの形態を問わず、事実上、支配国（宗主国、植民者などといいます）に統治された国家や地域を指します。一八世紀の産業革命以後、工業が急速に発展したヨーロッパを中心とする列強諸国は、原材料の確保や市場の拡大、生産力の独占などを求めて、競い合って植民地の獲得を推し進めました。世界をマーケット化して富を独占するために、強権的な権力を行使して版図を広げていくようなあり方を帝国主義と呼び、その植民地拡張の志向やそれを維持するための政策、開発と抑圧、収奪など支配の方法、そして植民者と被植民者の優劣関係の自明視など植民地支配を支える思想などを総称して、植民地主義（コロニアリズム）といいます。欧米列強の圧力で開国を余儀なくされた日本も、一八七九年に琉球処分で沖縄を、日清戦争後の一八九五年に台湾を、一九一〇年に朝鮮半島を支配下におき、一九三二年に現在の中国東北部地方と内モンゴルに傀儡国家である満洲国を成立させています。

植民地化の多くは住民の意志に反してなされたため、暴力的な方法がとられ、熾烈な抵抗運動も見られました。今日では、宗主国によって開発や近代化が進んだことを評価する見方もありますが、植民地の土地や資源、産業資本など、生産活動を支えるものが宗主国に占有されることで、被植民者が財を失ったり、経済的不平等にさらされたり、移動を余儀なくされたりしていたことを無視すべきではありません。また宗主国の言語や文化、宗教、習俗などを押し付ける同化政策は独自文化を奪うものであると同時に、植民者と被植民者に序列関係を与えることで差別を再生産する制度でもあります。なお、植民者文化の優位性や権威性とは、同化を求められつつ差別化される被植民者の存在によって維持されるものであり、文化の本質によるものではない点に注意が必要でしょう。このような植民地主義は、国家・地域間の支配‐被支配関係が終わったからといって消えてなくなるわけではありません。植民地期の政治的、経済的、文化的収奪や抑圧と開発、差別などは、後遺症として植民地以後の社会や人びととの生活に、さまざまなかたちで作用します。植民地期に経済的・身体的収奪を受けた人びと、宗主国と植民地のネットワークの中で移動した人びと、そして教育などによって植民地主義が構成する文化的アイデンティティを身体化した人びとなどにとって、植民地主義は直接的な支配を受けた時空間だけで終結するものではないのです。だからこそ、ポスト‐コロニアリズム（植民地主義‐以後）という観点が必要なのです。

継続する植民地主義と他者

ここで気をつけなければならないのは、植民地主義の遺産に大きく影響される社会や人びとが存在する一方で、植民地主義以後であることをまったく意識する必要のない社会や人びとも存在するということです。植民者だった人びとは植民地期の収奪の記憶を忘却し、植民地主義を過去のものと捉えることができます。そのため、旧被植民者と旧植民者との間で、政治的・経済的・文化的軋轢が生じることもあります。これを文学の問題として考えてみましょう。例えば日本近代文学の作品には、歴史的な出来事や社会的な問題を組み込まないものも多く見られます。もしかするとみなさんは、それらを政治的な〈偏り〉のない作品と考えるかもしれません。しかし歴史的な出来事や社会的な問題と関わらずに済む世界を当り前とすることができる立場は、実は特権的なものなのではないでしょうか。例えば日本近代文学の場には、日常生活や自身のアイデンティティに関して、植民地主義以後の生であることを意識せざるを得ない作家たちもいました。ある事象やそれのもたらす余波が日常と切り離せないものとして存在する場合もあるのです。そのため、何を〈偏り〉と見なすかは、立場によって大きく異なります。ポストコロニアル批評は、ある傾向の作品を〈偏り〉のない〈普遍的〉な作品と見なすことのできる立場自体を問い直すのです。

目取真俊『水滴』は、戦争以後を生きる人物たちを通して、植民地主義 - 以後の問題を浮かび上がらせます。徳正のもとを訪れる石嶺、セツ、幾人もの兵士たちは沖縄戦の死者です。徳正と石嶺ら沖縄師範学校の生徒は鉄血勤皇隊として、セツら女子学生は看護班として動員されていました。徳正と石嶺が会話を交わす場面で、沖縄のことばを使う徳正に対し、石嶺は共通語を使っていますが、これは当時の同化政策を身体化したまま石嶺の時が止まったことのしるしでもあります。沖縄はアジア太平洋戦争末期に「鉄の暴風」とも呼ばれる大量の砲弾を無差別に受け、また米軍の上陸による地上戦を経験します。軍事訓練を受けていない沖縄の住民をも徴集した日本軍は激しい戦闘のなかで主力の八割を失います。抗戦と撤退による戦場の拡大は多くの非戦闘員をも巻き込み、さらに日本軍は「生きて虜囚の辱めをうけず」を求めたために、セツのような自決による犠牲者も多数出しました。県民の四人に一人が亡くなったとされるこの沖縄戦については、当時の内閣も敗戦必至とみており、米軍の日本本土進攻を食い止め、本土決戦または終戦交渉を準備するための時間かせぎに過ぎず、それゆえ沖縄は本土の捨て石にされたといわれます。本土の人びとを守るために沖縄の人びとの生命が収奪されたという意味で、沖縄戦とはまさに植民地主義のあらわれといえるでしょう。しかし『水滴』で植民地主義以後も罪の意識を抱え続けるのは、命の危機に直面して友人を置き去りにせざるを得なかった、沖縄の住民である徳正なのです。では、罪の意識を免れ、沖縄戦を忘却して生きられた人びととは誰なのでしょうか。『水滴』が投げかけるこの問いは、決して過去に限ったものではありません。在日米軍基地の七割が沖縄に集中している現在に目を向ければ、植民地主義は今も続いているといえるのではないでしょうか。

また、ポストコロニアル批評は、誰が他者化されるか、誰によってどのように他者化されるかにも目を向けます。先に述べたように、植民者文化の優位性とは、被植民者文化を差別化し劣位化することで維持されます。その時、類型化され劣位なものとみなされる文化は他者化されているということができます。

平林たい子『施療室にて』は、階級闘争に立ち上がろうとする思いと絶望との間で揺れる女性主人公の心理を描いた作品です。彼女は行き場のない病人を無料で診る満洲の慈善病院の施療室にいるのですが、「中風の老婆」や、「被害妄想狂の四十女」など同室の女たちは異様な存在として語られます。闘士としての心理的葛藤を抱えた主人公にとって同室の女たちは、不衛生な施療室と同様、厭わしい背景に過ぎないのです。ここで同室の女たちは他者化されているといえるでしょう。しかし子どもの死を覚悟した後の主人公の語りには、変化が見られます。それまではノイズとして語ってきた「娼妓あがりの女」に「虐げられきったもののあどけなさ」を見出し、「娘時代には美しい女だったろう」と思いをめぐらせます。そして「娼妓あがりの女」が、主人公の代わりに死んだ子どもに香をあげにいくといい、主人公が素直に頼むに至って、女は背景ではなく個である一人の存在として物語の中に現れてくるのです。ただし、物語には、なお背景のままに据え置かれている人たちがいます。中国語を話す俥屋、小売店の中国人、遺体を運ぶ辮髪の中国人、テロの失敗でひどい条件で解雇され去っていった中国人労働者（苦力）たちなどです。作品は日露戦争終結後に日本が得た関東州を舞台にしていますが、その設定を意識しなくても読めてしまう物語といえるでしょう。植民地主義－以後を生きるみなさんは、物語の中の誰に目を向けるのでしょうか。ポストコロニアル批評は、読む者の立場自体を問う試みでもあるのです。

（中谷いずみ）

アダプテーション
ジャンルの横断から見えること

原作と映画――「外科室」の場合

泉鏡花『外科室』（一八九五年）は、一九九二年に映画化されています。監督を務めたのは、歌舞伎役者の坂東玉三郎。『高野聖』や『天守物語』の主役を務め、鏡花に親しんでいた彼は、『外科室』の映像化が長年の夢であったそうです。貴船伯爵夫人を吉永小百合、高峯医学士を加藤雅也が演じています。上映時間は、五〇分、劇映画としては異例の短さですが、単独でロードショー公開され、話題を呼びました。

　余分なものは付け加えられていませんが、外科手術を一年前のできごととして、全体を画家が回想している形にしていることは映画独自の設定です。貴船伯爵夫人と高峯医学士とがお互いを見る回数も異なっており、小説ではただ一度ですが、映画では三度となっています。一瞬の出会いで命がけの恋が成立するという常識外れの話が扱われる『外科室』ですが、主張の過激さは映画版で少し弱まっているかもしれません。本作に限らず、何か違うなという印象は、原作のある映画や舞台に常につきまといます。

　映画、テレビドラマ、演劇には文学作品を原作としたものが多く存在します。ベストセラーとなった作品は、相当の観客動員が見込めるため、積極的に取り上げられます。作り手が原作に魅了され、映像化や舞台化を切望する場合もあるでしょう。脚本家によるオリジナルの物語だけで制作本数を維持するのが難しく、すでにある作品で補ったという事情も、制作本数の多い時代の映画にはありました。

　原作と新たに作られた作品とは、当然ですが、登場人物、背景、ストーリーなどで重なる部分を持ちます。一方で、設定や展開が変更される場合も珍しくありません。演じる俳優によって、印象は大きく変わります。原作との隔たりがはなはだしいと、厳しい批判が起こることもあり、原作のファンを納得させることは簡単ではありません。しかし、それぞれが特性を持つメディアであることを踏まえれば、作品が異なったものとなることはむしろ当然でしょう。細かな違いにのみ気を奪われていると、大きな問題を見逃してしまう恐れがあります。

何が重なり、何が異なるのか

原作を作り直すことを〈アダプテーション〉と言います。日本語では〈改作〉などと訳されますが、語感や意味の広がりが一致しないため、最近では〈アダプテーション〉の語がそのまま使われています。映画や演劇のほかに、朗読・ラジオドラマ・オペラ・歌謡曲・舞踊・絵画・アニメ・漫画・ゲームなどが例として挙げられます。別の言語への翻訳も該当し、子供向けに平易に書き直されたり、絵物語に構成されたりする場合も〈アダプテーション〉に含んでよいでしょう。文学からの展開例を挙げましたが、他ジャンルのものがノベライズされることも少なくありません。

原作と〈アダプテーション〉とはつながっています。普通は、同じ題名が選ばれ、連続性が強調されます。作品は単体としてではなく、原作との関連でとらえられることが多いでしょう。複合的な受容であるところに〈アダプテーション〉の特徴はあります。読者や観客の体験は、二つの作品の重なりと異なりとを感じる過程と言うことができます。厄介なのは、原作を踏まえていても、よい評価が得られるとは限らないことです。例えば、社会批判をモチーフとした戯曲を台本通りに舞台化したとしても、文脈が違う現代では感動を生まないことが挙げられます。

登場人物のプロフィール・背景・物語の展開など、類似点が多ければ、〈アダプテーション〉と原作とは無理なく結びつけられます。一部が省略されたり、別のものに置き換えられたりしても、ある程度は許容されるでしょう。しかし、時代やストーリーが違うものとなっている場合はどうでしょうか。奥秀太郎監督の映画『カインの末裔』（二〇〇六年）は、有島武郎の同題中編小説（一九一七年）に基づきますが、舞台は北海道の開拓農場から川崎の工場に移され、主人公もたくましい農夫であったのが医療少年院を出所した青年に変わっています。小説とのつながりはにわかに見出しがたく、しかしそのことによって映画版『カインの末裔』は、同一性を考える上では、世界観・構造・情緒なども含めた立体的な把握が必要であることを教えてくれます。

メディアによって表現の特性は異なります。小説では登場人物が心に思っていることを直接記述することができますが、映像の場合は言動を通して間接的に提示することしかできません。また、受け手の層および数が異なっていることも意識したいところです。一般的には、映像メディアの観客や視聴者は、小説の読者よりも多く、原作を読んでいない人も少なくありません。アニメやゲームも同じでしょう。さらに、メディア相互の関わり方も無視できません。ジャンル間の優劣は、時代によって様変わりします。小説は、一九七〇年代までは教養の一角を占めていましたが、現在ではそれほど意識されてはいないようです。原作となることも多いですが、反対に映像作品がノベライズされる機会も増えています。

〈アダプテーション〉は、ジャンルを、またメディアを横断していくことで実現します。ストーリーやキャラクターが変換されるだけでなく、作り手のあり方も、受け手の層も、歴史的文脈も更新されていきます。内容を比較し、細部の異なりを明らかにしていくことも大切ですが、移り変わっていく全体を見渡すこともおろそかにはできません。現象として〈アダプテーション〉をとらえることで、視野は確実に広がるでしょう。

（山口直孝）

III

小　説　編

外科室

泉 鏡花

上

実《じつ》は好奇心《かうきしん》の故《ゆゑ》に、然《しか》れども予《よ》は予《よ》が画師《えし》たるを利器《りき》として、兎《と》も角《かく》も口実《かうじつ》を設《もふ》けつゝ、予《よ》と兄弟《きやうだい》も啻《たゞ》ならざる医学士《いがくし》高峯《たかみね》を強《し》ひて、某《それ》の日《ひ》東京府下《とうきやうふか》の一病院《あるびやうゐん》に於《おい》て、渠《かれ》が刀《たう》を下《くだ》すべき、貴船伯爵夫人《きふねはくしやくふじん》の手術《しゆじゆつ》をば予《よ》をして見《み》せしむることを余儀《よぎ》なくしたり。

其日《そのひ》午前《ごぜん》九時《じ》過《す》ぐる頃《ころ》家《いへ》を出《い》でゝ病院《びやうゐん》に腕車《わんしや》を飛《と》ばしつ。直《たゞ》ちに外科室《げくわしつ》の方《かた》に赴《おもむ》く時《とき》、先方《むかふ》より戸《と》を排《はい》してすら〱と出来《いできた》れる華族《くわぞく》の小間使《こまづかひ》とも見《み》ゆる容目《みめ》妍《よ》き婦人《をんな》二三人《にさんにん》と、廊下《らうか》の半《なか》ばに行違《ゆきちが》へり。

見《み》れば渠等《かれら》の間《あひだ》には、被布《ひふ》着《き》たる一個《いつこ》七八才《さい》の娘《むすめ》を擁《よう》しつ、見送《みおく》るほどに見《み》えずなれり。これのみならず玄《げん》関《くわん》より外科室《げくわしつ》、外科室《げくわしつ》より二階《にかい》なる病室《びやうしつ》に通《かよ》ふあひだの長《なが》き廊下《らうか》には、フロックコート着《き》たる紳士《しんし》、制服《せいふく》着《つ》けたる武官《ぶくわん》、或《あるひ》は羽織袴《はをりはかま》の扮装《いでたち》の人物《じんぶつ》、其他《そのた》、貴婦人《きふじん》令嬢《れいじやう》等《とう》いづれも尋常《たゞ》ならず気高《けだか》きが、彼方《あなた》に行逢《いきあ》ひ、此方《こなた》に落合《おちあ》ひ、或《あるひ》は歩《ほ》し、或《あるひ》は停《てい》し、往復《わうふく》恰《あだか》も織《を》るが如《ごと》し。予《よ》は今《いま》門前《もんぜん》に於《おい》て見《み》たる数台《すだい》の馬車《ばしや》に思《おも》ひ合《あ》はせて、密《ひそ》かに心《こゝろ》に頷《うなづ》けり。渠等《かれら》の或者《あるもの》は沈痛《ちんつう》に、或者《あるもの》は憂慮《きづかは》しげに、はた或者《あるもの》は慌《あはたゞ》しげに、いづれも顔色《かほいろ》穏《をだやか》ならで、忙《せは》しげなる小刻《こきざみ》の靴《くつ》の音《おと》、草履《ざうり》の響《ひゞき》、一《いつ》種《しゆ》寂寞《せきばく》たる病院《びやうゐん》の高《たか》き天井《てんじやう》と、広《ひろ》き建具《たてぐ》と、長《なが》き廊下《らうか》との間《あひだ》にて、異様《いやう》の跫音《きやうおん》を奏《さう》しつゝ、転《うた》た陰惨《いんさん》の趣《おもむき》をなせり。

予《よ》はしばらくして外科室《げくわしつ》に入《い》りぬ。

時《とき》に予《よ》と相目《あひもく》して、脣辺《しんぺん》に微笑《びせふ》を浮《うか》べたる医学士《いがくし》は、両手《りやうしゆ》を組《く》みて良《やゝ》あをむけに椅子《いす》に凭《もた》れたり。今《いま》にははじめぬことながら、殆《ほと》むど我国《わがくに》の上流社会《じやうりうしやくわい》全体《ぜんたい》の喜《き》憂《いう》に関《くわん》すべき、この大《おほひ》なる責任《せきにん》を荷《にな》へる身《み》の、恰《あだか》も晩餐《ばんさん》の筵《むしろ》に望《のぞ》みたる如《ごと》く、平然《へいぜん》として冷《ひやゝ》かなること、恐《おそ》らく渠《かれ》の如《ごと》きは稀《まれ》なるべし。助手三人《ぢよしゆさんにん》と、立会《たちあひ》の医《い》博士《はかせ》一人《いちにん》と、別《べつ》に赤十字《せきじふじ》の看護婦《かんごふ》五名《ごめい》あり。看護婦《かんごふ》其者《そのもの》にして、胸《むね》に勲章《くんしやう》帯《お》びたるも見受《みう》けたるが、あるやむごとなきあたりより特《とく》に下《くだ》し給《たま》へるもありぞと思《おも》はる。他《た》に女性《によしやう》とてはあらざりし。なにがし公《かう》と、なにがし侯《かう》と、なにがし伯《はく》と、皆立会《みなたちあひ》の親属《しんぞく》なり。然《しか》して一種形容《いつしゆけいよう》すべからざる面色《おもゝち》にて、愁然《しうぜん》として立《たち》たるこそ、病者《びやうしや》の夫《をつと》の伯爵《はくしやく》なれ。

室内《しつない》のこの人々《ひと〴〵》に瞻《みまも》られ、室外《しつぐわい》の彼《か》の方々《かた〴〵》に憂慮《きづか》はれて、塵《ちり》をも数《かぞ》ふべく、明《あか》るくして、しかも何《なん》となく凄《すさ》まじく侵《をか》すべからざる如《ごと》き観《くわん》ある処《ところ》の外科室《げくわしつ》の中央《ちうわう》に据《すへ》られたる、手術台《しゆじゆつだい》なる伯爵夫人《はくしやくふじん》は、純潔《じゆんけつ》なる白衣《びやくゑ》を絡《まと》ひて、死骸《しがい》の如《ごと》く横《よこた》はれる、顔《かほ》の色《いろ》飽《あ》くまで白《しろ》く、鼻高《はなたか》く、頤《をとがひ》細《ほそ》りて、手足《てあし》は綾羅《れうら》にだも堪《た》へざるべし。唇《くちびる》の色少《いろすこ》しく褪《あ》せたるに、玉《たま》の如《ごと》き前歯《まへば》幽《かす》かに見《み》え、眼《まなこ》は固《かた》く閉《とざ》したるか、眉《まゆ》は思《おも》ひなしか顰《ひそ》みて見《み》られつ。纔《わづ》かに束《つか》ねたる頭髪《たうはつ》は、ふさ〳〵と枕《まくら》に乱《みだ》れて、台《だい》の上《うへ》にこぼれたり。

其《その》かよわげに、且《か》つ気高《けだか》く、清《きよ》く、尊《たふと》く、美《うる》はしき病者《びやうしや》の俤《をもかげ》を一目見《ひとめみ》るより予《よ》は慄然《りつぜん》として寒《さむ》さを感《かん》じぬ。

医学士《いがくし》はと、不図見《ふとみ》れば、渠《かれ》は露《つゆ》ほどの感情《かんじやう》をも動《うご》かし居《お》らざるものゝ如《ごと》く、虚心《きよしん》に平然《へいぜん》たる状《さま》露《あら》はれて、椅子《ゐす》に坐《すは》りたるは室内《しつない》に唯渠《たゞかれ》のみなり。其太《そのいた》く落着《おちつ》きたる、これを頼母《たのも》しと謂《い》はゞ謂《い》へ、伯爵夫人《はくしやくふじん》の爾《しか》き容態《ようだい》を見《み》たる予《よ》が眼《め》よりは、寧《むし》ろ心憎《こゝろにく》きばかりなりしなり。

折《をり》からしとやかに戸《と》を排《はい》して、静《しづ》かにこゝに入来《いりきた》れるは、先刻《さき》に廊下《らうか》にて行逢《ゆきあ》ひたりし三人《さんにん》の腰元《こしもと》の中《なか》に、一際《ひときは》目立《めだ》ちし婦人《をんな》なり。

そと貴船伯《きふねはく》に打向《うちむか》ひて、沈《しづ》みたる音調《おんちやう》以《も》て、

『御前《ごぜん》、姫様《ひいさま》はやう〳〵お泣《な》き止《や》み遊《あそ》ばして、別室《あちら》に大人《おとな》しう居《ゐ》らつしやいます。』

伯《はく》はものいはで頷《うなづ》けり。

看護婦《かんごふ》は吾《わ》が医学士《いがくし》の前《まへ》に進《すゝ》みて、

『それでは、貴下《あなた》。』

『宜《よろ》しい。』

と一言答《ひとことこた》へたる医学士《いがくし》の声《こゑ》は、此時少《このときすこ》しく震《ふるへ》を帯《お》びてぞ予《よ》が耳《みゝ》には達《たつ》したる、其顔色《そのかほいろ》は如何《いか》にしけむ、俄《にはか》に少《すこ》しく変《かは》りたり。

さては如何《いか》なる医学士《いがくし》も、驚破《すわ》といふ場合《ばあひ》に望《のぞ》みてはさすがに懸念《けねん》のなからむやと、予《よ》は同情《どうじやう》を表《ひやう》したりき。

看護婦《かんごふ》は医学士《いがくし》の旨《むね》を領《れう》して後《のち》、彼《か》の腰元《こしもと》に立向《たちむか》ひて、

『もう、何《なん》ですから、彼《あ》のことを、一寸《ちよいと》、貴下《あなた》から。』

腰元《こしもと》は其意《そのい》を得《え》て、手術台《しゆじゆつだい》に擦寄《すりよ》りつ。優《いう》に膝《ひざ》の辺《あたり》まで両手《りやうて》を下《さ》げて、しとやかに立礼《りつれい》し、

『夫人《おくさま》、唯今《たゞいま》、お薬《くすり》を差上《さしあ》げます。何《ど》うぞ其《それ》を、お聞《き》き遊《あそ》ばして、いろはでも、数字《すうじ》でも、お算《かぞ》へ遊《あそ》ばしますやうに。』

伯爵夫人《はくしやくふじん》は答《こたへ》なし。

腰元《こしもと》は恐《おそ》る〳〵繰返《くりかへ》して、

『お聞済《きゝずみ》でございませうか。』

『あゝ。』　　とばかり答え給《たま》ふ。

念《ねん》を推《お》して、

『それでは宜《よろ》しうございますね。』

『何《なに》かい、魔酔剤《ねむりぐすり》をかい。』

『唯《はい》、手術《しゆじゆつ》の済《す》みますまで、ちよつとの間《あひだ》でございますが、御寝《げし》なりませんと、不可《いけ》ませんさうです。』

夫人《ふじん》は黙《もく》して考《かんが》へたるが、

『いや、よさうよ。』　　と謂《い》へる声《こゑ》は判然《はんぜん》として聞《きこ》えたり。一同顔《いちどうかほ》を見合《みあ》はせぬ。

腰元《こしもと》は諭《さと》すが如《ごと》く、

『それでは夫人《おくさま》、御療治《ごりやうぢ》が出来《でき》ません。』

『はあ、出来《でき》なくツても可《い》ゝよ。』

腰元《こしもと》は言葉《ことば》は無《な》くて、顧《かへり》みて伯爵《はくしやく》の色《いろ》を伺《うかゞ》へり。伯《はく》爵《しやく》は前《まへ》に進《すゝ》み、

『奥《おく》、そんな無理《むり》を謂《い》つては不可《いけ》ません。出来《でき》なくツても可《い》ゝといふことがあるものか。我儘《わがまゝ》を謂《い》つてはなりません。』

侯爵《かうしやく》はまた傍《かたはら》より口《くち》を挟《はさ》めり。

『余《あま》り、無理《むり》をお謂《い》やつたら、姫《ひい》を連《つ》れて来《き》て見《み》せるが可《い》ゝの。疾《はや》く快《よ》くならんで、何《ど》うするものか。』

『はい。』

『それでは御得心《ごとくしん》でございますか。』

腰元《こしもと》は其間《そのあひだ》に周旋《しうせん》せり。夫人《ふじん》は重《おも》げなる頭《かうべ》を掉《ふ》りぬ。

看護婦《かんごふ》の一人《いちにん》は優《やさ》しき声《こゑ》にて、

『何故《なぜ》、其様《そんな》にお嫌《きら》ひ遊《あそ》ばすの、ちつとも嫌《いや》なもんじやございませんよ。うと〳〵遊《あそ》ばすと、直《す》ぐ済《すん》でしま

ひます。』

此時《このとき》夫人《ふじん》の眉《まゆ》は動《うご》き、口《くち》は曲《ゆが》みて、瞬間苦痛《しゆんかんくつう》に堪《た》へざる如《ごと》くなりし。半眼《はんがん》に眼《まなこ》を睜《ひら》きて、

『そんなに強《し》ひるなら仕方《しかた》がない。私《わたし》はね心《こゝろ》に一《ひと》つ秘《ひ》密《みつ》がある。魔酔剤《ねむりぐすり》は譫言《うはごと》を謂《い》ふと申《もをす》から、それが恐《こは》くつてなりません。何卒《どうぞ》もう、眠《ねむ》らずにお療治《りやうぢ》が出来《でき》ないやうなら、もう、〱快《なほ》らんでも可《い》い、よして下《くだ》さい。』

聞《き》くが如《ごと》くむば、伯爵夫人《はくしやくふじん》は、意中《いちゆう》の秘密《ひみつ》を夢現《むげん》の間《あひだ》に人《ひと》に呟《つぶや》かむことを恐《おそ》れて、死《し》を以《も》てこれを守《まも》らむとするなり。良人《をつと》たる者《もの》がこれを聞《き》ける胸中《きやうちゆう》いかむ。此言《このこと》をしてもし平生《へいぜい》にあらしめば、必《かなら》ず一条《いちでう》の紛紜《ふんうん》を惹起《ひきおこ》すに相違《さうゐ》なきも、病者《びやうしや》に対《たい》して看護《かんご》の地位《ちゐ》に立《た》てる者《もの》は何等《なんら》のことも之《これ》を不問《ふもん》に帰《き》せざるべからず。然《しか》も吾《おの》が口《くち》よりして、あからさまに秘密《ひみつ》ありて人《ひと》に聞《き》かしむることを得《え》ずと、断乎《だんこ》として謂出《いひいだ》せる、夫人《ふじん》の胸《きやう》中《ちゆう》を推《すゐ》すれば寧《むし》ろ一段《いちだん》のものあらむ。

伯爵《はくしやく》は温乎《おんこ》として、

『私《わし》にも、聞《き》かされぬことなンか。え、奥《おく》。』

『はい。誰《たれ》にも聞《き》かすことはなりません。』

夫人《ふじん》は決然《けつぜん》たるものありき。

『何も魔酔剤《ますゐざい》を嗅《か》いだからつて、譫言《うはこと》を謂《い》ふといふ、極《きま》つたこともなさゝうじやの。』

『否《いゝえ》、このくらゐ思《おも》つて居《ゐ》れば、屹《きつ》と謂《い》ひますに違《ちが》ひありません。』

『そんな、また、無理《むり》を謂《い》ふ。』

『もう、御免下《ごめんくだ》さいまし。』

投棄《なげすつる》が如《ごと》く恪謂《かくい》ひつゝ、伯爵夫人《はくしやくふじん》は寝返《ねがへ》りして、横《よこ》に背《そむ》かむとしたりしが、病《や》める身《み》のまゝならで、歯《は》を鳴《な》らす音聞《おときこ》えたり。

ために顔《かほ》の色《いろ》の動《うご》かざる者《もの》は、唯彼《ただか》の医学士一人《いがくしいちにん》あるのみ。渠《かれ》は前刻《さき》に如何《いか》にしけむ、一度其平生《ひとたびそのへいぜい》を失《しつ》せしが、今《いま》やまた自若《じゝやく》となりたり。

侯爵《かうしやく》は渋面造《じふめんつく》りて、

『貴船《きぶね》、こりや何《なん》でも姫《ひい》を連《つ》れて来《き》て、見《み》せることぢやの、なんぼでも児《こ》の可愛《かあい》さには我折《がを》れやう。』

伯爵《はくしやく》は頷《うなづ》きて、

『これ、綾《あや》。』

『は。』

と腰元《こしもと》は振返《ふりかへ》る。

『何《なに》を、姫《ひい》を連《つ》れて来《こ》い。』

夫人《ふじん》は堪《たま》らず遮《さへぎ》りて、

『綾《あや》、連《つ》れて来《こ》んでも可《い》ゝ。何故《なぜ》、眠《ねむ》らなけりや、療治《りやうぢ》は出来《でき》ないか。』

看護婦《かんごふ》は窮《きう》したる微笑《ゑみ》を含《ふく》みて、

『お胸《むね》を少《すこ》し切《き》りますので、お動《うご》き遊《あそ》ばしちやあ、危険《けんのん》でございます。』

『なに、私《わたし》や、じつとして居《ゐ》る、動《うご》きやあしないから、切《き》つておくれ。』

予《よ》は其余《そのあま》りの無邪気《むじやき》さに、覚《おぼ》へず失笑《しつせふ》を禁《きん》じ得《え》ざりき。恐《おそ》らく今日《けふ》の切開術《せつかいじゆつ》は、眼《まなこ》を開《ひら》きてこれを見《み》るものあらじとぞ思《おも》へるをや。

看護婦《かんごふ》はまた謂《い》へり。

『それは夫人《おくさま》いくら何《なん》でも些少《ちつと》はお痛《いた》み遊《あそ》ばしませうから、爪《つめ》をお取《と》り遊《あそ》ばすとは違《ちが》ひますよ。』

夫人《ふじん》はこゝに於《おい》てばつちりと眼《まなこ》を睜《ひら》けり。気《き》もたしかになりけむ、声《こゑ》は凛《りん》として、

『刀《たう》を取《と》る先生《せんせい》は、高峯様《たかみねさま》だらうね！』

『はい、外科々長《げくわくちやう》です。いくら高峯様《たかみねさま》でも痛《いた》くなくお切《き》り申《もを》すことは出来《でき》ません。』

『可《い》ゝよ、痛《いた》かあないよ。』

『夫人《ふじん》、貴下《あなた》の御病気《ごびやうき》は其様《そん》な手軽《てがる》いのではありません。肉《にく》を殺《そ》いで、骨《ほね》を削《けづ》るのです。ちつとの間《あひだ》御辛抱《ごしんばう》なさい。』

臨検《りんけん》の医博士《いはかせ》はいまはじめて愕謂《かくい》へり。これ到底《たうてい》関雲長《くわんうんちやう》にあらざるよりは、堪《た》へ得《う》べきことにあらず。

然《しか》るに夫人《ふじん》は驚《おどろ》く色《いろ》なし。

『其事《そのこと》は存《ぞん》じて居《を》ります。でもちつともかまひません。』

『あんまり大病《たいびやう》なんで、何《ど》うかしをつたと思《おも》はれる。』

と伯爵《はくしやく》は愁然《しうぜん》たり。侯爵《かうしやく》は傍《かたはら》より、

『兎《と》も角《かく》、今日《けふ》はまあ見合《みあ》はすとしたら何《ど》うじやの。後《あと》でゆつくりと、謂聞《いひき》かすが可《よ》からう。』

伯爵《はくしやく》は一議《いちぎ》もなく、衆皆《しうみな》これに動《どう》ずるを見《み》て、彼《か》の医《い》博士《はかせ》は遮《さへぎ》りぬ。

『一時後《ひとゝきおく》れては、取返《とりかへ》しがなりません。一体《いつたい》、あなた方《がた》は病《やまひ》を軽蔑《けいべつ》して居《ゐ》らるゝから埒《らち》あかん。感情《かんじやう》をとやかくいふのは姑息《こそく》です。看護婦《かんごふ》一寸《ちよつと》お押《おさ》へ申《もを》せ。』

いと厳《おごそか》なる命《めい》の下《した》に五名《ごめい》の看護婦《かんごふ》はバラ〳〵と夫人《ふじん》を

囲《かこ》みて、其手《そのて》と足《あし》とを押《おさ》へむとせり。渠等《かれら》は服従《ふくじう》を以《もつ》て責任《せきにん》とす。単《たん》に、医師《いし》の命《めい》をだに奉《ほう》ずれば可《よし》、敢《あへ》て他《た》の感情《かんじやう》を顧《かへりみ》ることを要《よう》せざるなり。

『綾《あや》！　来《き》ておくれ。あれ！』

と夫人《ふじん》は絶入《たえい》る呼吸《こきふ》にて、腰元《こしもと》を呼《よ》び給《たま》へば、慌《あは》て看《かん》護婦《ごふ》を遮《さへぎ》りて、

『まあ、一寸待《ちよつとま》つて下《くだ》さい。夫人《おくさま》、何《ど》うぞ、御堪忍遊《ごかんにんあそ》ばして。』と優《やさ》しき腰元《こしもと》はおろ〳〵声《ごゑ》。

夫人《ふじん》の面《おもて》は蒼然《さうぜん》として、

『何《ど》うしても肯《き》きませんか。それぢや全快《なほ》つても死《しん》でしまひます。可《い》ゝから此儘《このまゝ》で手術《しゆじゆつ》をなさいと申《もを》すのに。』

と真白《ましろ》く細《ほそ》き手《て》を動《うご》かし、辛《から》うじて衣紋《ゑもん》を少《すこ》し寛《くつろ》げつゝ、玉《たま》の如《ごと》き胸部《きやうぶ》を顕《あら》はし、

『さ、殺《ころ》されても痛《いた》かあない。ちつとも動《うご》きやしないから、大丈夫《だいじやうぶ》だよ。切《き》つても可《い》ゝ。』

決然《けつぜん》として言放《いゝはな》てる、辞色《じしよく》ともに動《うご》かすべからず。さすが高位《かうゐ》の御身《おんみ》とて、威厳《ゐげん》あたりを払《はら》ふにぞ、満堂斉《まんだうひと》しく声《こゑ》を呑《の》み、高《たか》き咳《しはぶき》をも漏《も》らさずして、寂然《せきぜん》たりし其瞬間《そのしゆんかん》、先刻《さき》よりちとの身動《みうご》きだもせで、死灰《しくわい》の如《ごと》くに見《み》えたる高峯《たかみね》、軽《かろ》く身《み》を起《おこ》して椅子《いす》を離《はな》れ、

『看護婦《かんごふ》、刀《メス》を。』

『えゝ。』　　と看護婦《かんごふ》の一人《いちにん》は、眼《まなこ》を瞶《みは》りて猶予《ためら》へり。一同斉《いちだうひと》しく愕然《がくぜん》として、医学士《いがくし》の面《おもて》を瞻《みまも》る時《とき》、他《た》の一人《いちにん》の看護婦《かんごふ》は少《すこ》しく震《ふる》へながら、消毒《しようどく》したる刀《メス》を取《と》りてこれを高峯《たかみね》に渡《わた》したり。

医学士《いがくし》は取《と》ると其《その》まゝ、靴音軽《くつおとかろ》く歩《ほ》を移《うつ》して、衝《つ》と手《しゆ》術台《じゆつだい》に近接《きんせつ》せり。

看護婦《かんごふ》はおど〳〵しながら、

『先生《せんせい》、このまゝでいゝんですか。』

『あゝ、可《い》いだらう。』

『ぢやあ、お押《おさ》へ申《まを》しませう。』

医学士《いがくし》は一寸手《ちよいとて》を挙《あ》げて、軽《かろ》く押留《おしと》め、

『なに、それにも及《およ》ぶまい。』

謂《い》ふ時疾《ときはや》く其手《そのて》は既《すで》に病者《びやうしや》の胸《むね》を掻開《かきあ》けたり。夫人《ふじん》は両手《りやうて》を肩《かた》に組《く》みて身動《みうご》きだもせず。

恁《か》ゝりし時医学士《ときいがくし》は、誓《ちか》ふが如《ごと》く、深重厳粛《しんちやうげんしく》なる音調《おんてう》もて、

『夫人《ふじん》、責任《せきにん》を負《お》つて手術《しゆじゆつ》します。』

時《とき》に高峯《たかみね》の風采《ふうさい》は一種神聖《いつしゆしんせい》にして、犯《をか》すべからざる異《い》様《やう》のものにてありしなり。

『何《ど》うぞ。』　と一言答《ひとこといら》へたる、夫人《ふじん》が蒼白《さうはく》なる両《りやう》の頰《ほう》に刷《は》けるが如《ごと》き紅《こう》を潮《ちやう》しつ。ぢつと高峯《たかみね》を見詰《みつ》めたるまゝ、胸《むね》に望《のぞ》める鋭刀《ナイフ》にも眼《まなこ》を塞《ふさ》がむとはなさゞりき。

唯《と》見《み》れば雪《ゆき》の寒紅梅《かんこうばい》、血汐《ちしほ》は胸《むね》よりつと流《なが》れて、さと白衣《びやくゑ》を染《そ》むるとゝもに、夫人《ふじん》の顔《かほ》は旧《もと》の如《ごと》く、いと蒼白《あをしろ》くなりけるが、果《はた》せるかな自若《じゝやく》として、足《あし》の指《ゆび》をも動《うご》かさゞりき。

ことのこゝに及《およ》べるまで、医学士《いがくし》の挙動脱兎《きよだうだつと》の如《ごと》く神《しん》速《そく》にして聊《いさゝ》か間《かん》なく、伯爵夫人《はくしやくふじん》の胸《むね》を割《さ》くや、一同《いちどう》は素《もと》より彼《か》の医博士《いはくし》に到《いた》るまで、言《ことば》を挟《さしはさ》むべき寸隙《すんげき》とてもなかりしなるが、こゝに於《おい》てかわなゝくあり、面《おもて》を蔽《お》ふあり、背向《そがひ》になるあり、或《ある》は首《かうべ》を低《た》るゝあり、予《よ》の如《ごと》きも我《われ》を忘《わす》れて、殆《ほと》むど心臓《しんざう》まで寒《さむ》くなりぬ。

三秒《さんセコンド》にして渠《かれ》が手術《しゆじゆつ》は、ハヤ其佳境《そのかきやう》に進《すゝ》みつゝ、刀《ナイフ》骨《ほね》に達《たつ》すと覚《おぼ》しき時《とき》、

『あ。』　と深刻《しんこく》なる声《こゑ》を絞《しぼ》りて、二十日《はつか》以来《いらい》寝《ね》返《かへ》りさへも得《え》せずと聞《き》きたる、夫人《ふじん》は俄然器械《がぜんきかい》の如《ごと》く、其半身《そのはんしん》を刎起《はねお》きつゝ、刀《たう》取《と》れる高峯《たかみね》が右手《めて》の腕《かひな》に、両《りやう》手《て》を確《しか》と取縋《とりすが》りぬ。

『痛みますか。』

『否《いゝえ》、貴下《あなた》だから、貴下《あなた》だから。』

恁言懸《かくいひか》けて伯爵夫人《はくしやくふじん》は、がつくりと仰向《あをむ》きつゝ、凄《せい》冷極《れいきは》まり無《な》き最後《さいご》の眼《まなこ》に、国手《こくしゆ》をじつと瞻《みまも》りて、

『でも、貴下《あなた》は、貴下《あなた》は、私《わたくし》を知《し》りますまい！』

謂《い》ふ時晩《ときをそ》く、高峯《たかみね》が手《て》にせる刀《ナイフ》に片手《かたて》を添《そ》へて、乳《ち》の下深《したふか》く掻切《かきき》りぬ。医学士《いがくし》は真蒼《まつさを》になりて戦《おのゝ》きつゝ、

『忘《わす》れません。』

其声《そのこゑ》、其呼吸《そのいき》、其姿《そのすがた》、其声《そのこゑ》、其呼吸《そのいき》、其姿《そのすがた》。伯爵夫《はくしやくふ》人《じん》は嬉《うれ》しげに、いとあどけなき微笑《ゑみ》を含《ふく》みて、高峯《たかみね》の手《て》より手《て》をはなし、ばつたり、枕《まくら》に伏《ふ》すとぞ見《み》えし、脣《くちびる》の色変《いろかは》りたり。

其時《そのとき》の二人《ふたり》が状《さま》、恰《あだか》も二人《ふたり》の身辺《しんぺん》には、天《てん》なく、地《ち》なく、社会《しやくわい》なく、全《まつた》く人《ひと》なきが如《ごと》くなりし。

下

数《かぞ》ふれば、はや九年前《くねんぜん》なり。高峯《たかみね》が其頃《そのころ》は未《いま》だ医科大《いくわだい》学《がく》に学生《がくせい》なりし砌《みぎり》なりき。一日《あるひ》予《よ》は渠《かれ》とゝもに、小石《こいし》川《かは》なる植物園《しよくぶつゑん》に散策《さんさく》しつ。五月五日躑躅《つゝじ》の花盛《はなさかん》なりし。渠《かれ》とゝもに手《て》を携《たづさ》へ、芳草《はうさう》の間《あひだ》を出《で》つ、入《い》りつ、園内《ゑんない》の公園《かうゑん》なる池《いけ》を繞《めぐ》りて、咲揃《さきそろ》ひたる藤《ふぢ》をも見《み》つ。

歩《ほ》を転《てん》じて彼処《かしこ》なる躑躅《つゝじ》の丘《をか》に上《のぼ》らむとて、池《いけ》に添《そ》ひつゝ歩《あゆ》める時《とき》、彼方《かなた》より来《きた》りたる、一群《ひとむれ》の観客《くわんかく》あり。一個《いつか》洋服《やうふく》の扮装《いでたち》にて煙突帽《えんとつばう》を戴《いたゞ》きたる蓄髯《ちくぜん》の漢《をとこ》先衛《せんゑい》して、中《なか》に三人《さんにん》の婦人《ふじん》を囲《かこ》みて、後《あと》よりもまた同一様《おなじさま》なる漢《をとこ》来《きた》れり。渠等《かれら》は貴顕《きけん》の御者《ぎよしや》なりし。中《なか》なる三人《さんにん》の婦人等《をんなたち》は、一様《いちやう》に深張《ふかばり》の蝙蝠傘《かうもりがさ》を指翳《さしかざ》して、裾捌《すそさばき》の音《おと》最冴《いとさや》かに、する〳〵と練来《ねりきた》れる、ト行違《ゆきちが》ひざま高峯《たかみね》は、思《おも》はず後《あと》を見返《みかへ》りたり。

『見《み》たか。』

高峯《たかみね》は頷《うなづ》きぬ。『むゝ。』

恁《か》くて丘《をか》に上《のぼ》りて躑躅《つゝじ》を見《み》たり。躑躅《つゝじ》は美《び》なりしなり。されど唯《たゞ》赤《あか》かりしのみ。

傍《かたはら》のベンチに腰懸《こしか》けたる、商人体《あきうどてい》の壮佼《わかもの》あり。

『吉《きつ》さん、今日《けふ》好《い》ゝことをしたぜなあ。』

『さうさね、偶《たま》にやお前《まへ》の謂《い》ふことを聞《き》くも可《い》ゝかな。浅草《あさくさ》へ行《い》つて此処《こゝ》へ来《こ》なかつたろうもんなら、拝《をが》まれるんじやなかつたつけ。』

『何《なん》しろ、三人《さんにん》とも揃《そろ》つてらあ、どれが桃《もゝ》やら桜《さくら》やらだ。』

『一人《ひとり》は丸髷《まるまげ》じやあないか。』

『何《ど》の道《みち》はや御相談《ごさうだん》になるンじやあなし、丸髷《まるまげ》でも、束髪《そくはつ》でも、乃至《ないし》しやぐまでも何《なん》でも可《い》ゝ。』

『そりやさうと、あの風《ふう》じやあ、是非《ぜひ》、高島田《たかしまだ》と来《く》る処《ところ》を、銀杏《いてふ》と出《で》たなあ何《ど》ういふ気《き》だらう。』

『銀杏《いてふ》、合点《がてん》がいかぬかい。』

『えゝ、わりい洒落《しやれ》だ。』

『何《なん》でも貴顕方《あなたがた》がお忍《しの》びで、目立《めだ》たぬやうにといふ肚《はら》だ。ね、それ、真中《まんなか》のに水際《みづぎは》が立《た》つてたらう。いま一人《ひとり》が影武者《かげむしや》といふのだ。』

『そこでお召物《めしもの》は何《なん》と踏《ふん》だ。』

『藤色《ふぢいろ》と踏《ふ》むだよ。』『え、藤色《ふぢいろ》とばかりじや、本読《ほんよみ》が納《をさ》まらねえの。足下《そこ》のやうでもないぢやあないか。』

『眩《まばゆ》くつてうなだれたね、おのづと天窓《あたま》があがらなかつた。』『そこで帯《おび》から下《した》へ目《め》をつけたらう。』『馬鹿《ばか》をいはつし、勿体《もつたい》ない。見《み》しやそれとも分《わ》かぬ間《ま》だつたよ。あゝ、残惜《のこりをし》い。』『あのまた、歩行振《あるきぶり》といつたらなかつたよ。唯《たゞ》もう、すうツとかう霞《かすみ》に乗《の》つて行《ゆ》くやうだつけ。裾捌《すそさばき》、褄《つま》はづれなんといふことを、なるほどゝ見《み》たは今日《けふ》が最初《はじめ》てよ。何《ど》うもお育柄《そだちがら》はまた格別違《かくべつちが》つたもんだ。ありやもう自然《しぜん》、天然《てんねん》と雲上《うんじやう》になつたんだな。何《ど》うして下界《げかい》の奴原《やつばら》が真似《まね》やうたつて出来《でき》るものか。』『酷《ひど》くいふな。』『ほんのこつたが私《わつし》やそれ御存《ごぞん》じの通《とほ》り、北廓《なか》を三年《さんねん》が間《あひだ》、金毘羅様《こんぴらさま》に断《た》つたといふもんだ。処《ところ》が、何《なん》のこたあない。肌守《はだまもり》を懸《か》けて、夜中《よなか》に土堤《どて》を通《とほ》らうぢやあないか。罰《ばち》のあたらないのが不思議《ふしぎ》さね。もう〳〵今日《けふ》といふ今日《けふ》は発心切《ほつしんき》つた。あの醜婦《すべた》ども何《ど》うするものか、見《み》なさい、アレ〳〵ちらほらとかう其処《そこ》いらに、赤《あか》いものがちらつくが、何《ど》うだ。まるでそら、芥塵《ごみ》か、蛆《うぢ》が、蠢《うご》めいて居《ゐ》るやうに見《み》えるぢやあないか。馬鹿《ば》鹿《か》々《〳〵》しい。』

『これはきびしいね。』『串戯《じやうだん》じやあない。あれ見《み》な、やつぱりそれ手《て》があつて、足《あし》で立《た》つて、着物《きもの》も羽織《はをり》もぞろりとお召《めし》で、おんなじ様《やう》な蝙蝠傘《かうもりがさ》で立《た》つてる処《ところ》は、憚《はゞか》りながらこれ人間《にんげん》の女《をんな》だ。然《しか》も女《をんな》の新造《しんぞ》だ。女《をんな》の新造《しんぞ》に違《ちが》ひはないが、今拝《いまをが》むだのと。較《くら》べて何《ど》うだい。まるでもつて、くすぶつて、何《なん》といつて可《い》ゝか汚《よご》れ切《き》つて居《ゐ》らあ。あれでもおなじい女《をんな》だつさ、へむ、聞《き》いて呆《あき》れらい。』『おや、〳〵何《ど》うした大変《たいへん》なことを謂出《いひだ》したぜ。しかし全《まつた》くだよ。私《わし》もさ、今《いま》まではかう、ちよいとした女《をんな》を見《み》ると、つひそのなんだ。一所《いつしよ》に歩《あ》く貴公《きこう》にも、随分迷惑《ずいぶんめいわく》を懸《か》けたつけが、今《いま》のを見《み》てからもう〳〵胸《むね》がすつきりした。何《なん》だかせい〳〵とする、以来女《いらいをんな》はふつゝりだ。』『それぢやあ生涯《しやうがい》ありつけまいぜ、源吉《げんきち》とやら、みづからは、とあの姫様《ひいさま》が、いひさうもないからね。』『罰《ばち》があたらあ、あてこともない。』『でも、あなたやあ、と来《き》たら何《ど》うする。』

『正直《しやうぢき》な処《ところ》、私《わつし》は遁《に》げるよ。』

『足下《そこ》もか。』『え、君《きみ》は。』

『私《わつし》も遁《に》げるよ。』と目《め》を合《あ》はせつ。しばらく言途絶《ことばとだ》へたり。

『高峯《たかみね》、ちつと歩《ある》かうか。』

予《よ》は高峯《たかみね》とともに立上《たちあが》りて、遠《とほ》く彼《か》の壮佼《わかうど》を離《はな》れし時《とき》、高峯《たかみね》はさも感《かん》じたる面色《おもゝち》にて、

『あゝ、真《しん》の美《び》の人《ひと》を動《うご》かすことあの通《とほ》りさ、君《きみ》はお手《て》のものだ、勉強《べんきやう》し給《たま》へ。』

予《よ》は画師《えし》たるが故《ゆゑ》に動《うご》かされぬ。行《ゆ》くこと数百歩《すひやくほ》、彼《か》の樟《くす》の大樹《たいじゆ》の鬱蓊《うつをう》たる木《こ》の下蔭《したかげ》の、稍薄暗《やゝうすぐら》きあたりを行《ゆ》く藤色《ふぢいろ》の衣《きぬ》の端《はし》を遠《とほ》くよりちらとぞ見《み》たる。

園《ゑん》を出《い》づれば丈高《たけたか》く肥《こ》へたる馬二頭《うまにとう》立《た》ちて、磨硝子入《すりガラスい》りたる馬車《ばしや》に、三個《さんか》の馬丁休《べつたうやす》らひたりき。其後九年《そのゝちくねん》を経《へ》て病院《びやうゐん》の彼《か》のことありしまで、高峯《たかみね》は彼《か》の婦人《ふじん》のことにつきて、予《よ》にすら一言《ひとこと》をも語《かた》らざりしかど、年齢《ねんれい》に於《おい》ても、地位《ちい》に於《おい》ても、高峯《たかみね》は室《しつ》なからざるべからざる身《み》なるにも関《かゝ》はらず、家《いへ》を納《をさ》むる夫人《ふじん》なく、然《しか》も渠《かれ》は学生《がくせい》たりし時代《じだい》より品行一層謹厳《ひんかういつさうきんげん》にてありしなり。


予《よ》は多《おほ》くを謂《い》はざるべし。青山《あをやま》の墓地《ぼち》と、谷中《やなか》の墓地《ぼち》と、所《ところ》こそは変《かは》りたれ、同一日《おなじひ》に前後《ぜんご》して相逝《あひゆ》けり。語《ご》を寄《よ》す天下《てんか》の宗教家《しうきやうか》、渠等二人《かれらふたり》は罪悪《ざいあく》ありて、天《てん》に行《ゆ》くことを得《え》ざるべきか。

解題

『外科室』

『文藝倶楽部』第六編（一八九五年〔明治二八〕六月）初出。本文は、初出に拠る。『夜行巡査』（同年四月）と共に注目を集め、川上眉山『書記官』などと合わせて、「観念小説」と称された。絵師である「予」を語り手として、「予」の友人高峯医学士が手がけた貴船伯爵夫人の外科手術の様子と、九年前の小石川植物園での二人の出会いとが語られる。「愛と婚姻」（同年五月）において鏡花は、「社会の婚姻は、愛を束縛して圧制して、自由を剝奪せむがために造られたる、残絶、酷絶の刑法なり」と婚姻制度を批判している。「愛は自由なり」という主張が極端な物語の展開を通して明確に訴えられているところから、「観念小説」という呼び方は生まれたのであろう。（無署名）「小説界の新傾向」（『帝国文学』一八九五年八月）の「鏡花氏はよく人生の恨事を知れり」、「然れども、鏡花が小説の欠点は其結構の奇抜に過くると其人物の稍もすれば不自然ならむとするにあり」という評は、同時代の公約数的な反応と言える。

作者紹介

泉鏡花（一八七三年〜一九三九年）。金沢市の工芸職人の家に生まれ、小説家を志して十七歳で上京、尾崎紅葉門下に入る。一八九三年五月、『京都日出新聞』連載の『冠弥左衛門』が世に出た最初の作品となる。以後亡くなるまで、リアリズムと一線を画した姿勢で、多数の小説と戯曲とを発表した。『高野聖』（一九〇〇年）などの幻想小説、『婦系図』（一九〇七年）や『日本橋』（一九一四年）などの長編小説、『天守物語』（一九一七年）などの戯曲がある。

少女病

田山花袋

一

山手線の朝の七時二十分の上り汽車が、代々木の電車停留場の崖下を地響させて通る頃、千駄谷の田畝《たんぼ》をてく〳〵と歩いて行く男がある。此男の通らぬことはいかな日にもないので、雨の日には泥濘の深い田畝道に古い長靴を引ずつて行くし、風の吹く朝には帽子を阿弥陀に被《かぶ》つて塵埃を避けるやうにして通るし、沿道の家々の人は、遠くから其姿を見知つて、もうあの人が通つたから、あなたお役所が遅くなりますなどと春眠いぎたなき主人を揺り起す軍人の細君もある位だ。

此男の姿の此田畝道にあらはれ出したのは、今から二月ほど前、近郊の地が開けて、新しい家作が彼方の森の角、此方の丘の上に出来上つて、某少将の邸宅、某会社重役の邸宅などの大きな構《かまへ》が、武蔵野の名残の櫟《くぬぎ》の大並木の間からちら〳〵と画のやうに見える頃であつたが、其櫟《くぬぎ》の並木の彼方に、貸家建の家屋が五六軒並んであるといふから、何でも其處等に移転して来た人だらうとの専らの評判であつた。

何も人間が通るのに、評判を立てる程のこともないのだが、淋しい田舎で人珍らしいのと、それに此男の姿がいかにも特色があつて、そして鶩《あひる》の歩くやうな変てこな形をするので、何とも謂へぬ不調和――その不調和が路傍の人々の閑な眼を惹くもとゝなつた。

年の頃三十七八、猫背で、獅子鼻で、反歯で、色が浅黒くツて、頬髯が煩さゝうに顔の半面を蔽つて、鳥渡見ると恐ろしい容貌、若い女などは昼間出逢つても気味悪く思ふ程だが、それにも似合はず、眼には柔和なやさしいところがあつて、絶えず何物をか見て憧れて居るかのやうに見えた。足のコンパスは思切つて広く、トツトと小きざみに歩くその早さ！　演習に朝出る兵隊さんもこれにはいつも三舎を避けた。

大抵洋服で、それもスコッチの毛の摩《す》れてなくなつた鳶色の古背広、上にあほつたインバネスも羊羹色に黄《きば》んで、右の手には犬の頭のすぐ取れる安ステッキをつき、柄《がら》にない海老茶色の風呂敷包をかゝへながら、左の手はポッケツトに入れて居る。

四ツ目垣の外を通り懸ると、

『今お出懸けだ！』

と、田舎の角の植木屋の主婦が口の中で言つた。

其植木屋も新建の一軒家で、売物のひよろ松やら樫やら黄楊《つげ》やら八ツ手やらが其周囲にだらしなく植付られてあるが、其向うには千駄谷の街道を持つてゐる新開の屋敷町が参差《しんし》として連つて、二階の硝子窓には朝日の光が閃《きら》々と輝き渡つた。左は角筈の工場の幾棟、細い煙筒からはもう労働に取懸つた朝の煙がくろく低く靡いて居る。晴れた空には林を越して電信柱が頭だけ見える。

男はてく〳〵と歩いて行く。

田畝を越すと、二間幅の石ころ道、柴垣、樫垣、要垣、其絶間々々に硝子障子、冠木門、瓦斯燈と順序よく並んで居て、庭の松に霜よけの縄のまだ取られずに附いて居るのも見える。一二丁行くと千駄谷通りで、毎朝、演習の兵隊が駆足で通つて行くのに邂逅する。西洋人の大きな洋館、新築の医者の構への大きな門、駄菓子を売る古い茅葺の家、此處まで来ると、もう代々木の停留場の高い線路が見えて、新宿あたりで、ポーと電笛の鳴る音でも耳に入ると、男は其の大きな体を先へのめらせて、見得も何も構はずに、一散に走るのが例だ。

今日も其處に来て耳を欹てたが、電車の来たやうな気勢《けはい》も無いので、同じ歩調ですた〳〵と歩いて行つたが、高い線路に突当つて曲る角で、ふと栗梅の縮緬の羽織をぞろりと着た恰好の好い庇髪の女の後姿を見た。鶯色のリボン、繻珍の鼻緒、おろし立ての白足袋、それを見ると、もう其胸は何となく時めいて、其癖何うの彼うのと言ふのでもないが、唯嬉しく、そはそはして、其先へ追越すのが何だか惜しいやうな気がする様子である。男は此女を既に見知つて居るので、少くとも五六度は其女と同じ電車に乗つたことがある。それどころか、冬の寒い夕暮、わざ〳〵廻り路をして其女の家を突留めたことがある。千駄ケ谷の田畝の西の隅で、樫の木で取囲んだ奥の大きな家、其の総領娘であることをよく知つて居る。眉の美しい、色の白い頰の豊かな、笑ふ時言ふに言はれぬ表情を其眉と眼との間にあらはす娘だ。

『もう何《ど》うしても二十二三、学校に通つて居るのではなし……それは毎朝逢はぬのでもわかるが、それにしても何處へ行くのだらう、』と思つたが、其思つたのが既に愉快なので、眼の前にちらつく美しい着物の色彩が言ひ知らず胸をそゝる。『もう嫁に行くんだらう？』と続いて思つたが、今度はそれが何だか侘しいやうな惜しいやうな気がして、『己も今少し若ければ……』と二の矢を継いでだが、『何だ馬鹿々々しい、己《おれ》は幾歳だ、女房もあれば子供もある、』と思ひ返した。思ひ返したが、何となく悲しい、何となく嬉しい。

代々木の停留場に上る階段の處で、それでも追ひ越して、衣ずれの音、白粉の香ひに胸を躍したが、今度は振返りもせず、大足に、しかも駆けるやうにして、階段を上つた。

停留場の駅長が赤い回数切符を切つて返した。此駅長も其他の駅夫も皆な此大男に熟《じゆく》して居る。性急《せつかち》で、慌て者で、早口であるといふことをも知つて居る。

板囲ひの待合所に入らうとして、男はまた其前に兼ねて見知越の女学生の立つて居るのを眼敏《さと》くも見た。

肉附きの好い、頰の桃色の、輪郭の丸い、それは可愛い娘だ。派手な縞物に、海老茶の袴を穿《は》いて、右手に女持の細い蝙蝠傘、左の手に、紫の風呂敷包を抱へて居るが、今日はリボンがいつものと違つて白いと男はすぐ思つた。

此娘は自分を忘れはすまい、無論知つてる！　と続いて思つた。そして娘の方を見たが、娘は知らぬ顔をして、彼方《あつち》を向いて居る。あの位のうちは恥しいんだらう、と思ふと堪らなく可愛くなつたらしい。見ぬやうな振をして幾度となく見る、頻りに見る。——そしてまた眼を外《そら》して、今度は階段の處で追越した女の後姿に見入つた。

電車の来るのも知らぬといふやうに——。

二

此娘は自分を忘れはすまいと此男が思つたのは、理由のあることで、それには面白い一小挿話《エピソード》があるのだ。此娘とは何時でも同時刻に代々木から電車に乗つて、牛込まで行くので、以前からよく其姿を見知つて居たが、それと謂つて敢て口を利《き》いたといふのではない。唯相対して乗つて居る、よく肥つた娘だなアと思ふ。あの頬の肉の豊かなこと、乳の大きなこと、立派な娘だなどゝ続いて思ふ。それが度重なると、笑顔の美しいことも、耳の下に小さい黒子のあることも、込合つた電車の吊皮にすらりとのべた腕の白いことも、信濃町から同じ学校の女学生とをり〳〵邂逅して蓮葉《はすつぱ》に会話を交ゆることも、何も彼もよく知るやうになつて、何處の娘かしらん？　などゝ、其家、其家庭が知り度くなる。

　でも後をつけるほど気にも入らなかつたと見えて、敢てそれを知らうとも為なかつたが、ある日のこと、男は例の帽子、例のインバネス、例の背広、例の靴で、例の道を例のごとく千駄谷の田畝に懸つて来ると、不図前から其肥つた娘が、羽織の上に白い前懸をだらしなくしめて、半ば解き懸けた髪を右の手で押へながら、友達らしい娘と何事をか語り合ひながら歩いて来た。何時も逢ふ顔に違つた處で逢ふと、何だか他人でないやうな気がするものだが、男もさう思つたと見えて、もう少しで会釈を為るやうな態度をして、急いだ歩調をはたと留めた。娘もちらと此方を見て、これも、『あゝあの人だナ、いつも電車に乗る人だナ、』と思たらしかつたが、会釈をするわけもないので、黙《だま》つてすれ違つて了つた。男はすれ違ひざまに、『今日は学校に行かぬのかしらん？　さうか、試験休みか春休みか、』と我知らず口に出して言つて、五六間無意識にてく〳〵と歩いて行くと、不図黒い柔かい美しい春の土に、丁度金屏風に銀で画いた松の葉のやうにそつと落ちて居るアルミニユウムの留針《ピン》。

　娘のだ！

　突如《いきなり》、振り返つて、大きな声で、

『もし、もし、もし、』

　と連呼した。

娘はまだ十間ほど行つたばかりだから、無論此声は耳に入つたのであるが、今すれ違つた大男に声を懸けられるとは思はぬので、振返りもせずに、友達の娘と肩を並べて静かに語りながら歩いて行く。朝日が美しく野の農夫の鋤の刃に光る。

『もし、もし、もし、』

と男は韻《ゐん》を押《ふ》んだやうに再び叫んだ。

で、娘も振返る。見るとその男は両手を高く挙げて、此方を向いて面白い恰好をして居る。ふと、気が附いて、頭に手を遣ると、留針《ピン》が無い。はつと思つて、『あら、私、嫌よ、留針を落してよ、』と友達に言ふでもなく言つて、其儘、ばたばたと駆け出した。

男は手を挙げたまゝ、其のアルミニユウムの留針を持つて待つて居る。娘はいきせき駆けて来る。やがて傍に近寄つた。

『何《ど》うも有難う……』

と、娘は恥しさうに顔を赧くして、礼を言つた。四角の輪廓をした大きな顔は、さも嬉しさうに莞爾莞爾《にこにこ》と笑つて、娘の白い美しい手に其の留針を渡した。

『何うも有難う御座いました。』

と、再び丁寧に娘は礼を述べて、そして踵を旋《めぐら》した。

男は嬉しくて仕方が無い。愉快でたまらない。これであの娘、己の顔を見覚えたナ……と思ふ。これから電車で邂逅しても、あの人が私の留針を拾つて呉れた人だと思ふに相違ない。もし己が年が若くつて、娘が今少し別嬪で、それでかういふ幕を演ずると、面白い小説が出来るんだなどゝ、取留もないことを種々に考へる。聯想は聯想を生んで、其身の徒らに青年時代を浪費して了つたことや、恋人で娶つた細君の老いて了つたことや、子供の多いことや、自分の生活の荒涼としてゐることや、時勢に後れて将来に発達の見込のないことや、いろ〳〵なことが乱れた糸のやうに縺れ合つて、こんがらがつて、殆ど際限がない。ふと、其の勤めて居る某雑誌社のむづかしい編集長の顔が空想の中に歴々と浮んだ。と、急に空想を捨てゝ路を急ぎ出した。

三

此男は何處から来るかと言ふと、千駄谷の田畝《たんぼ》を越して、櫟の並木の向うを通つて、新建の立派な邸宅の門をつらねて居る間を抜けて、牛の鳴声の聞える牧場、樫の大樹の連つて居る小径——その向うをだら〳〵と下つた丘陵《おか》の蔭の一軒家、毎朝かれは其處から出て来るので、丈の低い要垣を周囲に取廻して、三間位と思はれる家の構造《つくり》、床の低いのと屋根の低いのを見ても、貸家建ての粗雑《ぞんざい》な普請であることが解る。小さな門を中に入《はい》らなくとも、路から庭や座敷がすつかり見えて、篠竹の五六本生えて居る下に、沈丁花の小さいのが二三株咲いて居るが、其傍には鉢植の花ものが五つ六つだらしなく並べられてある。細君らしい二十五六の女が甲斐々々しく襷掛になつて働いて居ると、四歳位の男の児と六歳位の女の児とが、座敷の次の間の縁側の日当りの好い處に出て、頻りに何事をか言つて遊んで居る。

家の南側に、釣瓶《つるべ》を伏せた井戸があるが、十時頃になると、天気さへ好ければ、細君は其處に盥を持ち出して、頻りに洗濯を遣る。着物を洗ふ水の音がざぶ〳〵と長閑に聞えて、隣の白蓮の美しく春の日に光るのが、何とも言へぬ平和な趣をあたりに展げる。細君は成程もう色は衰へて居るが、娘盛りにはこれでも十人並以上であらうと思はれる。やゝ旧派の束髪に結つて、ふつくりとした前髪を取つてあるが、着物は木綿の縞物を着て、海老茶色の帯の末端《すえ》が地について、帯揚のところが、洗濯の手を動かす度に微かに揺《うご》く。少時《しばらく》すると、末の男の児が、かアちやん〳〵と遠くから呼んで来て、傍に来ると、いきなり懐の乳を探つた。まアお待ちよと言つたが、中々言ふことを聞きさうにもないので、洗濯の手を前垂でそゝくさと拭いて、前の縁側に腰をかけて、子供を抱いて遣つた。其處へ総領の女の児も来て立つて居る。

客間兼帯の書斎は六畳で、硝子の嵌つた小さい西洋書箱《ほんばこ》が西の壁につけて置かれてあつて、栗の木の机がそれと反対の側に据ゑられてある。床の間には春蘭の鉢が置かれて、幅物は偽物の文晁の山水だ。春の日が室の中までさし込むので、実に暖い、気持が好い。机の上には二三の雑誌、硯箱は能代塗の黄い木地の木目が出てゐるもの、そして其處に社の原稿紙らしい紙が春風に吹かれて居る。

　此主人公は名を杉田古城と謂つて言ふまでもなく文学者。若い頃には、相応に名も出て、二三の作品は随分喝采されたこともある。いや、三十七歳の今日、かうしてつまらぬ雑誌社の社員になつて、毎日毎日通つて行つて、つまらぬ雑誌の校正までして、平凡に文壇の地平線以下に沈没して了はうとは自らも思はなかつたであらうし、人も思はなかつた。けれどかうなつたのには原因がある。此男は昔から左様だが、何うも若い女に憧れるといふ悪い癖がある。若い美しい女を見ると、平生は割合に鋭い観察眼もすつかり権威を失つて了ふ。若い時分、盛に所謂少女小説を書いて、一時は随分青年を魅せしめたものだが、観察も思想もないあくがれ小説がさういつまで人に飽きられずに居ることが出来よう。遂には此男と少女と謂ふことが文壇の笑草の種となつて、書く小説も皆な笑ひ声の中に没却されて了つた。それに、其容貌が前にも言つた通り、此上もなく蛮カラなので、いよ〳〵それが好い反映《コントラスト》をなして、あの顔で、何うしてあゝだらう、打見た所は、いかな猛獣とでも闘ふといふやうな風采と体格とを持つて居るのに……。これも造化の戯れの一つであらうといふ評判であつた。

　ある時、友人間で其噂があつた時、一人は言つた。

『何うも不思議だ。一種の病気かも知れんよ。先生のは唯、あくがれるといふばかりなのだからね。美しいと思ふ、唯それだけなのだ。我々なら、さういふ時には、すぐ本能の力が首を出して来て、唯、あくがれる位では何うしても満足が出来んがね。』

『さうとも、生理的に、何處か陥落《ロスト》して居るんぢやないかしらん。』

　と言つたものがある。

『生理的と言ふよりも性質ぢやないかしらん。』

『いや、僕は左様は思はん。先生、若い時分、餘に恣なことをしたんぢやないかと思ふね。』

『恣とは？』

『言はずとも解るぢやないか……。独りで餘り身を傷つけたのさ。その習慣が長く續くと、生理的に、ある方面がロストして了つて、肉と霊とがしつくり合はんさうだ。』

『馬鹿な………。』

と笑つたものがある。

『だツて、子供が出来るぢやないか。』

と誰かゞ言つた。

『それは子供は出来るさ……。』と前の男は受けて、『僕は医者に聞いたんだが、其結果は色々ある相だ。烈しいのは、生殖の途が絶たれて了ふさうだが、中には先生のやうになるのもあるといふことだ。よく例があつて……僕にいろ〳〵教へて呉れたよ。僕は屹度さうだと思ふ。僕の鑑定は誤《あやま》らんさ。』

『僕は性質だと思ふがね。』

『いや、病気ですよ、少し海岸にでも行つて好い空気でも吸つて、節慾しなければいかんと思ふ。』

『だつて、餘りをかしい、それも十八九とか二十二三とかなら、さういふこともあるかも知れんが、細君があつて、子供が二人まであつて、そして年は三十八にもならうと言んぢやないか。君の言ふことは生理学万能で、何うも断定過ぎるよ。』

『いや、それは説明が出来る。十八九でなければさういふことはあるまいと言ふけれど、それはいくらもある。先生、屹度今でも遣つて居るに相違ない。若い時、あゝいふ風で、無闇に恋愛神聖論者を気取つて、口では綺麗なことを言つて居ても、本能が承知しないから、つい自から傷けて快を取るといふやうなことになる。そしてそれが習慣になると、病的になつて、本能の充分の働を為ることが出来なくなる。先生のは屹度それだ。つまり、前にも言つたが、肉と霊とがしつくり調和することが出来んのだよ。それにしても面白いぢやないか、健全を以て自からも任じ、人も許して居たものが、今では不健全も不健全、デカダンの標本になつたのは、これといふのも本能を蔑《ないがしろ》にしたからだ。君達は僕が本能万能説を抱いて居るのをいつも攻撃するけれど、実際、人間は本能が大切だよ。本能に従はん奴は生存して居られんさ。』と滔々として弁じた。

四

電車は代々木を出た。

春の朝は心地が好い。日がうら〳〵と照り渡つて、空気はめづらしくくつきりと透徹《すきとほ》つて居る。富士の美しく霞んだ下に大きい櫟林が黒く並んで、千駄谷の凹地に新築の家屋の参差《しんし》として連つて居るのが走馬燈のやうに早く行過ぎる。けれど此無言の自然よりも美しい少女の姿の方が好いので、男は前に相対した二人の娘の顔と姿とに殆ど魂を打込んで居た。けれど無言の自然を見るよりも活きた人間を眺めるのは困難なもので、餘りしげ〳〵見て、悟られてはといふ気があるので、傍を見て居るやうな顔をして、そして電光のやうに早く鋭くながし眼を遣《つか》ふ。誰だか言つた、電車で女を見るのは正面では餘り眩《まば》ゆくつていけない、さうかと言つて、餘り離れても際立つて人に怪まれる恐れがある、七分位に斜に対して座を占めるのが一番便利だと。男は少女にあくがれるのが病であるほどであるから、無論、此位の秘訣は人に教はるまでもなく、自然に其の呼吸を自覚して居て、いつでも其の便利な機会を攫《つか》むことを過まらない。

年上の方の娘の眼の表情がいかにも美しい。星――天上の星もこれに比べたなら其の光を失ふであらうと思はれた。縮緬のすらりとした膝のあたりから、華奢な藤色の裾、白足袋をつまだてた三枚襲の雪駄《せった》、ことに色の白い襟首から、あのむつちりと胸が高くなつて居るあたりが美しい乳房だと思ふと、総身が掻きむしられるやうな気がする。一人の肥つた方の娘は懐からノウトブツクを出して、頻りにそれを読み始めた。

すぐ千駄ケ谷駅に来た。

かれの知り居る限りに於ては、此處から、少くとも三人の少女が乗るのが例だ。けれど今日は、何うしたのか、時刻が後れたのか早いのか、見知つて居る三人の一人だも乗らぬ。その代りに、それは不器量《ぶきりやう》な、二目とは見られぬやうな若い女が乗つた。この男は若い女なら、大抵な醜い顔にも、眼が好いとか、鼻が好いとか、色が白いとか、襟首が美しいとか、膝の肥り具合が好いとか、何かしらの美を発見して、それを見て楽むのであるが、今乗つた女は、さがしても、発見されるやうな美は一ケ所も持つて居らなかつた。反歯、ちゞれ毛、色黒、見た丈でも不愉快なのが、いきなりかれの隣に来て座を取つた。

信濃町の停留場は、割合に乗る少女の少いところで、曾て一度すばらしく美しい、華族の令嬢かと思はれるやうな少女と膝を並べて牛込まで乗つた記憶があるばかり、其後、今一度何うかして逢ひたいもの、見たいものと願つて居るけれど、今日までつひぞかれの望は遂《と》げられなかつた。電車は紳士やら軍人やら商人やら学生やらを多く載《の》せて、そして飛竜のごとく駛《はし》り出した。隧道《トンネル》を出て、電車の速力が稍々緩《ゆる》くなつた頃から、かれは頻りに首を停車場の待合所の方に注《そゝ》いで居たが、ふと見馴《みな》れたリボンの色を見得たと見えて、其顔は晴々しく輝いて胸は躍つた。四ツ谷からお茶の水の高等女学校に通ふ十八歳位の少女、身装《みなり》も綺麗に、ことにあでやかな容色《きりやう》、美しいと言つてこれほど美しい娘は東京にも沢山はあるまいと思はれる。丈はすらりとして居るし、眼は鈴を張つたやうにぱつちりとして居るし、口は緊《しま》つて肉は痩せず肥らず、晴々した顔には常に紅《くれなゐ》が漲つて居る。今日は生憎乗客が多いので、其儘扉の傍に立つたが、『込合ひますから前の方へ詰めて下さい。』と車掌の言葉に余儀なくされて、男のすぐ前のところに来て、下げ皮に白い腕を延べた。男は立つて代つて遣りたいとは思はぬではないが、さうするとその白い腕が見られぬばかりではなく、上から見下ろすのは、いかにも不便なので、其儘席を立たうともしなかつた。

込合つた電車の中の美しい娘、これほどかれに趣味深くうれしく感ぜられるものはないので、今迄にも既に幾度となく其の嬉しさを経験した。柔かい着物が触る。得られぬ香水のかほりがする。温かい肉の触感が言ふに言はれぬ思ひをそゝる。ことに、女の髪の匂ひと謂ふものは、一種の烈しい望を男に起させるもので、それが何とも名状せられぬ愉快をかれに与へるのであつた。

市谷、牛込、飯田町と早く過ぎた。代々木から乗つた娘は二人とも牛込で下りた。電車は新陳代謝して、益々混雑を極める。それにも拘らず、かれは魂を失つた人のやうに、前の美しい顔にのみあくがれ渡つて居る。

やがてお茶の水に着く。

五

此男の勤めて居る雑誌社は、神田の錦町で、青年社といふ、正則英語学校のすぐ次の通りで、街道に面した硝子戸の前には、新刊の書籍の看板が五つ六つも並べられてあつて、戸を開けて中に入ると、雑誌書籍の埒もなく取散された室の帳場には社主の難かしい顔が控へて居る。編集室は奥の二階で、十畳の一室、西と南とが塞《ふさが》つて居るので、陰気なこと夥しい。編集員の机が五脚ほど並べられてあるが、かれの机は其の最も壁に近い暗いところで、雨の降る日などは、洋燈が欲しい位である。それに、電話がすぐ側にあるので、間断《しつきり》なしに鳴つて来る電鈴が実に煩《うるさ》い。先生、お茶の水から外濠線に乗換へて錦町三丁目の角まで来て下りると、楽しかつた空想はすつかり覚めて了つたやうな侘しい気がして、編集長と其の陰気な机とがすぐ眼に浮ぶ。今日も一日苦しまなければならぬかナアと思ふ。生活と謂ふものはつらいものだとすぐ後を続ける。と、此世も何もないやうな厭な気になつて、街道の塵埃が黄く眼の前に舞ふ。校正の穴埋めの厭なこと、雑誌の編集の無意味なることが歴々《あり》と頭に浮んで来る。殆ど留度が無い。そればかりならまだ好いが、半ば覚めてまだ覚め切らない電車の美しい影が、其侘しい黄い塵埃の間に覚束なく見えて、それが何だかかう自分の唯一の楽みを破壊して了ふやうに思はれるので、いよ〳〵つらい。

編集長がまた皮肉な男で、人を冷かすことを何とも思はぬ。骨折つて美文でも書くと、杉田君、またおのろけが出ましたねと突込む。何ぞと謂ふと、少女を持出して笑はれる。で、をり〳〵はむつとして、己は子供ぢやない、卅七だ、人を馬鹿にするにも程があると憤慨する。けれどそれはすぐ消えて了ふので、懲《こ》りることもなく、艶つぽい歌を詠み、新体詩を作る。

即ちかれの快楽と言ふのは電車の中の美しい姿と、

美文新体詩を作ることで、社に居る間は、用事さへ無いと、原稿紙を延《の》べて、一生懸命に美しい文を書いて居る。少女に関する感想の多いのは無論のことだ。

其日は校正が多いので、先生一人それに忙殺されたが、午後二時頃、少し片附いたので一息吐いて居ると、

『杉田君。』

と編集長が呼んだ。

『え？』

と其方を向くと、

『君の近作を読みましたよ。』と言つて、笑つて居る。

『さうですか。』

『不相変、美しいねえ、何うしてあゝ綺麗に書けるだらう。実際、君を好男子と思ふのは無理は無いよ。何とか謂ふ記者は、君の大きな体格を見て、其の予想外なのに驚いたと言ふからね。』

『さうですかナ。』

と、杉田は詮方なしに笑ふ。

『少女万歳ですな！』

と編集員の一人が相槌を打つて冷かした。

杉田はむつとしたが、下《くだ》らん奴を相手にしてもと思つて、他方《わき》を向いて了つた。実に癪に触る、卅七の己を冷かす気が知れぬと思つた。

薄暗い陰気な室は何う考へて見ても侘しさに耐へかねて巻煙草を吸ふと、青い紫の煙がすうと長く靡く。見詰めて居ると、代々木の娘、女学生、四谷の美しい姿などが、ごつちやになつて、縺れ合つて、それが一人の姿のやうに思はれる。馬鹿々々しいと思はぬではないが、しかし愉快でないこともない様子だ。

午後三時過、退出時刻が近くなると、家のことを思ふ。妻のことを思ふ。つまらんな、年を老つて了つたとつくぐ〵慨嘆する。若い青年時代を下《くだ》らなく過して、今になつて後悔したとて何の役に立つ、本当につまらんなアと繰返す。若い時に、何故烈しい恋を為《し》なかつた？　何故充分に肉のかほりをも嗅《か》がなかつた？　今時分思つたとて、何の反響がある？　もう卅七だ。かう思ふと、気が苛々《いら》して、髪の毛をむしり度くなる。

社の硝子戸を開けて戸外《おもて》に出る。終日の労働で頭脳《あたま》はすつかり労《つか》れて、何だか脳天が痛いやうな気がする。

西風に舞ひ上る黄い塵埃、侘しい、侘しい。何故か今日は殊更に侘しくつらい。いくら美しい少女の髪の香に憧れたからつて、もう自分等が恋をする時代ではない。また恋を為たいたツて、美しい鳥を誘う羽翼《はね》をもう持つて居らない。と思ふと、もう生きて居る価値が無い、死んだ方が好い、死んだ方が好い、死んだ方が好い、とかれは大きな体格を運びながら考へた。

　顔色《かほつき》が悪い。眼の濁つて居るのは其心の暗いことを示して居る。妻や子供や平和な家庭のことを念頭に置かぬではないが、そんなことはもう非常に縁故が遠いやうに思はれる。死んだ方が好い？　死んだら、妻や子は何うする？　此念はもう微かになつて、反響を与へぬほど其心は神経的に陥落《ロスト》して了つた。寂しさ、寂しさ、寂しさ、此寂しさを救つて呉れるものはないか、美しい姿の唯一つで好いから、白い腕に此身を巻いて呉れるものは無いか。さうしたら、屹度復活する。希望、奮闘、勉励、必ず其處に生命を発見する。この濁つた血が新らしくなれると思ふ。けれど此男は実際それに由つて、新しい勇気を恢復することが出来るか何うかは勿論疑問だ。

　外濠の電車が来たのでかれは乗つた。敏捷な眼はすぐ美しい着物の色を求めたが、生憎それにはかれの願ひを満足させるやうなものは乗つて居らなかつた。けれど電車に乗つたといふことだけで心が落付いて、これからが——家に帰るまでが、自分の極楽境のやうに、気がゆつたりとなる。路側《みちばた》のさまざまの商店やら招牌《かんばん》やらが走馬燈のやうに眼の前を通るが、それがさまぐの美しい記憶を思ひ起させるので好い心地がするのであつた。

　お茶の水から甲武線に乗換へると、をりからの博覧会で電車は殆ど満員、それを無理に車掌の居る所に割込んで、兎に角右の扉の外に立つて、確《しつか》りと真鍮の丸棒を攫んだ。ふと車中を見たかれはツとして驚いた。其硝子窓を隔てゝすぐ其處に、信濃町で同乗した、今一度是非逢ひたい、見たいと願つて居た美しい令嬢が、中折帽や角帽やインバネスに殆ど圧《お》しつけられるやうになつて、丁度鳥の群に取巻かれた鳩といつたやうな風になつて乗つてゐる。

美しい眼、美しい手、美しい髪、何うして俗悪な此の世の中に、こんな綺麗な娘が居るかとすぐ思つた。誰の細君になるのだらう、誰の腕に巻かれるのであらうと思ふと、堪らなく口惜しく情けなくなつて其結婚の日は何時だか知らぬが、其日は呪ふべき日だと思つた。白い襟首、黒い髪、鶯茶のリボン、白魚のやうな綺麗な指、宝石入の金の指輪――乗客が混合《こみ》つて居るのと硝子越になつて居るのとを都合の好いことにして、かれは心ゆくまで其の美しい姿に魂を打込んで了つた。

水道橋、飯田町、乗客は愈多い。牛込に来ると、殆ど車台の外に押出されさうになつた。かれは真鍮の棒につかまつて、しかも眼を令嬢の姿から離さず、恍惚《うつとり》として自からわれを忘れるといふ風であつたが、市谷に来た時、また五六の乗客があつたので、押つけて押かへしては居るけれど、稍ともすると、身が車外に突出されさうになる。電線のうなりが遠くから聞えて来て、何となくあたりが騒々しい。ピイと発車の笛が鳴つて、車台が一二間ほど出て、急にまた其速力が早められた時、何うした機会か少くとも横に居た乗客の二三が中心を失つて倒れ懸つて来た為めでもあらうが、令嬢の美に恍惚《うつとり》として居たかれの手が真鍮の棒から離れたと同時に、其の大きな体は見事に筋斗《とんぼ》がへりを打つて、何の事はない大きな毬のやうに、ころ〳〵と線路の上に転り落ちた。危ないと車掌が絶叫したのも遅し早し、上りの電車が運悪く地を撼《うご》かして遣つて来たので、忽ち其の黒い大きい一塊物は、あなやと言ふ間に、三四間ずる〳〵と引摺られて、紅い血が一線長くレイルを染めた。

非常警笛が空気を劈《つんざ》いてけたゝましく鳴つた。

解題

『少女病』

雑誌『太陽』一九〇七年（明治四〇）五月初出。『花袋集』（一九〇八年、易風社）に初収。この直後（同年九月）に出された『蒲団』が大きな話題となり、作者である田山花袋を文壇の中心に引き寄せ、短い期間ではあるが「自然主義」隆盛の一時期が築かれた。そのためか、従来は『蒲団』の前史的小説といった評価しか与えられることはなかった。『蒲団』の主人公である竹中時男と同様の主人公杉田古城のセクシュアルな告白が、その理由と想像される。舞台は明治四〇年の春と想定され、新興住宅街から東京中心に通勤する主人公が、途中で出会う女学生たちを視姦／窃視し、最後には電車に轢かれるまでが語られる。作家個人から同時代へと、研究における小説の結びつきの対象が変化したためか、近年は研究の視線が多く向けられる小説の一つになった。たとえば冒頭の「代々木駅」をめぐっては「電車」と「汽車」が使い分けられるなど、〈鉄道〉と伴って〈東京〉が拡大していった一時期の様子が小説からは読みとれる。〈女学生〉に関しても、一八九九年公布の〈高等女学校令〉を背景とする女子学生の増加と彼女たちに向けられた視線のありようなど、気になる点は多いはずである。なお、本文は、『定本　田山花袋全集　第一巻』（一九九三年）に拠った。

作者紹介

田山花袋（一八七一年～一九三〇年）。栃木県（後に群馬県に編入）の館林町に生まれる。正規には高等小学校中退だが、上京後いくつかの学校で学ぶ。一八九七年に国木田独歩や柳田國男らと『抒情詩』を刊行した。『蒲団』（一九〇七年）が大きな評判となり、また主筆を務めた雑誌『文章世界』での評論活動も加わって、日本における自然主義文学の中心人物となった。ほかに『田舎教師』（一九〇九年）、『時は過ぎゆく』（一九一六年）など。

夢十夜

夏目漱石

第一夜

こんな夢《ゆめ》を見《み》た。

腕組《うでぐみ》をして枕元《まくらもと》に坐《すわ》つて居《ゐ》ると、仰向《あふむき》に寝《ね》た女《をんな》が、静《しづ》かな声《こゑ》でもう死《し》にますと云《い》ふ。女《をんな》は長《なが》い髪《かみ》を枕《まくら》に敷《し》いて、輪郭《りんくわく》の柔《やは》らかな瓜実顔《うりざねがほ》を其《そ》の中《なか》に横《よこ》たへてゐる。真白《まつしろ》な頬《ほゝ》の底《そこ》に温《あたゝ》かい血《ち》の色《いろ》が程《ほど》よく差《さ》して、唇《くちびる》の色《いろ》は無論赤《むろんあか》い。到底《たうてい》死《し》にさうには見《み》えない。然《しか》し女《をんな》は静《しづ》かな声《こゑ》で、もう死《し》にますと判然《はつきり》云《い》つた。自分《じぶん》も確《たしか》に是《こ》れは死《し》ぬなと思《おも》つた。そこで、さうかね、もう死《し》ぬのかね、と上《うへ》から覗《のぞ》き込《こ》む様《やう》にして聞《き》いて見《み》た。死《し》にますとも、と云《い》ひながら、女《をんな》はぱつちりと眼《め》を開《あ》けた。大《おほ》きな潤《うるほひ》のある眼《め》で、長《なが》い睫《まつげ》に包《つゝ》まれた中《なか》は、只《たゞ》一面《めん》に真黒《まつくろ》であつた。其《そ》の真黒《まつくろ》な眸《ひとみ》の奥《おく》に、自分《じぶん》の姿《すがた》が鮮《あざやか》に浮《う》かんでゐる。

自分《じぶん》は透《す》き徹《とほ》る程深《ほどふか》く見《み》える此《こ》の黒眼《くろめ》の色沢《つや》を眺《なが》めて、是《これ》でも死《し》ぬのかと思《おも》つた。それで、ねんごろに枕《まくら》の傍《そば》へ口《くち》を付《つ》けて、死《し》ぬんぢやなからうね、大丈夫《だいぢやうぶ》だらうね、と又聞《またき》き返《かへ》した。すると女《をんな》は黒《くろ》い眼《め》を眠《ねむ》さうに睜《みは》つた儘《まゝ》、矢張《やつぱ》り静《しづ》かな声《こゑ》で、でも、死《し》ぬんですもの、仕方《しかた》がないわと云《い》つた。

ぢや、私《わたし》の顔《かほ》が見《み》えるかいと一心《しん》に聞《き》くと、見《み》えるかいつて、そら、そこに、写《うつ》つてるぢやありませんかと、にこりと笑《わら》つて見《み》せた。自分《じぶん》は黙《だま》つて、顔《かほ》を枕《まくら》から離《はな》した。腕組《うでぐみ》をしながら、どうしても死《し》ぬのかなと思《おも》つた。

しばらくして、女《をんな》が又《また》かう云《い》つた。

「死《し》んだら、埋《う》めて下《くだ》さい。大《おほ》きな真珠貝《しんじゆがひ》で穴《あな》を掘《ほ》つて。さうして天《てん》から落《お》ちて来《く》る星《ほし》の破片《かけ》を墓標《はかじるし》に置《お》いて下《くだ》さい。さうして墓《はか》の傍《そば》に待《ま》つてゐて下《くだ》さい。又逢《またあ》ひに来《き》ますから」

自分《じぶん》は、何時逢《いつあ》ひに来《く》るかねと聞《き》いた。

「日《ひ》が出《で》るでせう。それから日《ひ》が沈《しづ》むでせう。それから又《また》出《で》るでせう、さうして又沈《またしづ》むでせう。——赤《あか》い日《ひ》が東《ひがし》から西《にし》へ、東《ひがし》から西《にし》へと落《お》ちて行《ゆ》くうちに、——あなた、待《ま》つてゐられますか」

自分《じぶん》は黙《だま》つて首肯《うなづい》た。女《をんな》は静《しづ》かな調子《てうし》を一段《だん》張《は》り上《あ》げて、

「百年《ねん》待《ま》つてゐて下《くだ》さい」と思《おも》ひ切《き》つた声《こゑ》で云《い》つた。

「百年《ねん》、私《わたし》の墓《はか》の傍《そば》に坐《すわ》つて待《ま》つてゐて下《くだ》さい。屹度《きつと》逢《あ》ひに来《き》ますから」

自分《じぶん》は、只《たゞ》待《ま》つてゐると答《こた》へた。すると、黒《くろ》い眸《ひとみ》のなかに鮮《あざやか》に見《み》えた自分《じぶん》の姿《すがた》が、ぼうつと崩《くづ》れて来《き》た。静《しづ》かな水《みづ》が動《うご》いて写《うつ》る影《かげ》を乱《みだ》した様《やう》に、流《なが》れ出《だ》したと思《おも》つたら、女《をんな》の眼《め》がぱちりと閉《と》ぢた。長《なが》い睫《まつげ》の間《あひだ》から涙《なみだ》が頬《ほゝ》へ垂《た》れた。——もう死《し》んで居《ゐ》た。

自分《じぶん》は夫《そ》れから庭《には》へ下《お》りて、真珠貝《しんじゆがひ》で穴《あな》を掘《ほ》つた。真珠貝《しんじゆがひ》は大《おほ》きな滑《なめら》かな縁《ふち》の鋭《する》どい貝《かひ》であつた。土《つち》をすくふ度《たび》に、貝《かひ》の裏《うら》に月《つき》の光《ひかり》が差《さ》してきら〳〵した。湿《しめ》つた土《つち》の匂《にほひ》もした。穴《あな》はしばらくして掘《ほ》れた。女《をんな》を其《そ》の中《なか》へ入《い》れた。さうして柔《やは》らかい土《つち》を、上《うへ》からそつと掛《か》けた。掛《か》ける毎《たび》に真珠貝《しんじゆがひ》の裏《うら》に月《つき》の光《ひかり》が差《さ》した。

それから星《ほし》の破片《かけ》の落《お》ちたのを拾《ひろ》つて来《き》て、かろく土《つち》の上《うへ》へ乗《の》せた。星《ほし》の破片《かけ》は丸《まる》かつた。長《なが》い間大空《あひだおほぞら》を落《お》ちてゐる間《ま》に、角《かど》が取《と》れて滑《なめら》かになつたんだらうと思《おも》つた。抱《だ》き上《あ》げて土《つち》の上《うへ》へ置《お》くうちに、自分《じぶん》の胸《むね》と手《て》が少《すこ》し暖《あたゝ》かくなつた。

自分《じぶん》は苔《こけ》の上《うへ》に坐《すわ》つた。是《こ》れから百年《ねん》の間《あひだ》、かうして待《ま》つてゐるんだなと考《かんが》へながら、腕組《うでぐみ》をして、丸《まる》い墓石《はかいし》を眺《なが》めてゐた。そのうちに、女《をんな》の云《い》つた通《とほ》り日《ひ》が東《ひがし》から出《で》た。大《おほ》きな赤《あか》い日《ひ》であつた。それが又女《またをんな》の云《い》つた通《とほ》り、やがて西《にし》へ落《お》ちた。赤《あか》いまんまで、のつと落《お》ちて行《い》つた。一《ひと》つと自分《じぶん》は勘定《かんぢやう》した。

しばらくすると又唐紅《またからくれなゐ》の天道《てんたう》がのそりと上《のぼ》つて来《き》た。さうして黙《だま》つて沈《しづ》んで仕舞《しま》つた。二《ふた》つと又勘定《またかんぢやう》をした。

自分《じぶん》はかう云《い》う風《ふう》に一《ひと》つ二《ふた》つと勘定《かんぢやう》して行《ゆ》くうちに、赤《あか》い日《ひ》をいくつ見《み》たか分《わか》らない。勘定《かんぢやう》しても、勘定《かんぢやう》しても、しつくせない程赤《ほどあか》い日《ひ》が頭《あたま》の上《うへ》を通《とほ》り越《こ》して行《い》つた、それでも百年《ねん》がまだ来《こ》ない。仕舞《しまひ》には、苔《こけ》の生《は》えた丸《まる》い石《いし》を眺《なが》めて、自分《じぶん》は女《をんな》に欺《だま》されたのではなからうかと思《おも》ひ出《だ》した。

すると石《いし》の下《した》から斜《はす》に自分《じぶん》の方《ほう》へ向《む》いて青《あを》い茎《くき》が伸《の》びて来《き》た。見《み》る間《ま》に長《なが》くなつて、丁度《ちやうど》自分《じぶん》の胸《むね》のあたり迄《まで》来《き》て留《と》まつた。と思《おも》ふと、すらりと揺《ゆら》ぐ茎《くき》の頂《いたゞき》に、心持首《こゝろもちくび》を傾《かたむ》けてゐた細長《ほそなが》い一輪《りん》の蕾《つぼみ》が、ふつくらと瓣《はなびら》を開《ひら》いた。真白《まつしろ》な百合《ゆり》が鼻《はな》の先《さき》で骨《ほね》に徹《こた》へる程《ほど》匂《にほ》つた。そこへ遥《はるか》の上《うへ》から、ほたりと露《つゆ》が落《お》ちたので、花《はな》は自分《じぶん》の重《おも》みでふら〳〵と動《うご》いた。自分《じぶん》は首《くび》を前《まへ》へ出《だ》して、冷《つめ》たい露《つゆ》の滴《したゝ》る、白《しろ》い花瓣《はなびら》に接吻《せつぷん》した。自分《じぶん》が百合《ゆり》から顔《かほ》を離《はな》す拍子《ひやうし》に思《おも》はず、遠《とほ》い空《そら》を見《み》たら、暁《あかつき》の星《ほし》がたつた一《ひと》つ瞬《またゝ》いてゐた。

「百年《ねん》はもう来《き》てゐたんだな」と此《こ》の時始《ときはじ》めて気《き》が附《つ》いた。

第三夜

こんな夢《ゆめ》を見《み》た。

六つになる子供《こども》を負《おぶ》つてる。慥《たしか》に自分《じぶん》の子《こ》である。只不思議《たゞふしぎ》な事《こと》には何時《いつ》の間《ま》にか眼《め》が潰《つぶ》れて、青坊主《あをばうず》になつてゐる。自分《じぶん》が、御前《おまへ》の眼《め》は何時《いつ》潰《つぶ》れたのかいと聞《き》くと、なに昔《むかし》からさと答《こた》へた。声《こゑ》は子供《こども》の声《こゑ》に相違《さうゐ》ないが、言葉《ことば》つきは丸《まる》で大人《おとな》である。しかも対等《たいとう》だ。

左右《さいう》は青田《あをた》である。路《みち》は細《ほそ》い。鷺《さぎ》の影《かげ》が時々《ときぐ》闇《やみ》に差《さ》す。

「田圃《たんぼ》へ掛《かゝ》つたね」と脊中《せなか》で云《い》つた。

「どうして解《わか》る」と顔《かほ》を後《うし》ろへ振《ふ》り向《む》ける様《やう》にして聞《き》いたら、

「だつて鷺《さぎ》が鳴《な》くぢやないか」と答《こた》へた。

すると鷺《さぎ》が果《はた》して二声程《ふたこゑほど》鳴《な》いた。

自分《じぶん》は我子《わがこ》ながら少《すこ》し怖《こわ》くなつた。こんなものを背《し》負《よ》つてゐては、此《こ》の先《さき》どうなるか分《わか》らない。どこか打《うつ》遣《ちや》る所《ところ》はなからうかと向《むか》ふを見《み》ると闇《やみ》の中《なか》に大《おほ》きな森《もり》が見《み》えた。あすこならばと考《かんが》へ出《だ》す途端《とたん》に、脊中《せなか》で、

「ふゝん」と云《い》ふ声《こゑ》がした。

「何《なに》を笑《わら》ふんだ」

子供《こども》は返事《へんじ》をしなかつた。只《たゞ》「御父《おとつ》さん、重《おも》いかい」と聞《き》いた。

「重《おも》かあない」と答《こた》へると「今《いま》に重《おも》くなるよ」と云《い》つた。

自分《じぶん》は黙《だま》つて森《もり》を目標《めじるし》にあるいて行《い》つた。田《た》の中《なか》の路《みち》が不規則《ふきそく》にうねつて中々《なか〳〵》思《おも》ふ様《やう》に出《で》られない。しばらくすると二股《ふたまた》になつた。自分《じぶん》は股《また》の根《ね》に立《た》つて、一寸《ちよつと》休《やす》んだ。

「石《いし》が立《た》つてる筈《はず》だがな」と小僧《こぞう》が云《い》つた。

成程《なるほど》八寸角《すんかく》の石《いし》が腰程《こしほど》の高《たか》さに立《た》つてゐる。表《おもて》には左《ひだ》り日《ひ》ケ窪《くぼ》、右堀田原《みぎほつたはら》とある。闇《やみ》だのに赤《あか》い字《じ》が明《あきら》かに見《み》えた。赤《あか》い字《じ》は井守《ゐもり》の腹《はら》の様《やう》な色《いろ》であつた。

「左《ひだり》が好《い》いだらう」と小僧《こぞう》が命令《めいれい》した。左《ひだり》を見《み》ると最先《さつき》の森《もり》が闇《やみ》の影《かげ》を、高《たか》い空《そら》から自分等《じぶんら》の頭《あたま》の上《うへ》へ抛《な》げかけてゐた。自分は一寸躊躇《ちよつとちゆうちよ》した。

「遠慮《ゑんりよ》しないでもいゝ」と小僧《こぞう》が又云《またい》つた。自分《じぶん》は仕《し》方《かた》なしに森《もり》の方《はう》へ歩《ある》き出《だ》した。腹《はら》の中《なか》では、よく盲目《めくら》の癖《くせ》に何《なん》でも知《し》つてるなと考《かんが》へながら一筋道《ひとすぢみち》を森《もり》へ近《ちか》づいてくると、脊中《せなか》で、「どうも盲目《めくら》は不自由《ふじいう》で不可《いけな》いね」と云《い》つた。

「だから負《お》ぶつてやるから可《い》いぢやないか」

「負《お》ぶつて貰《もら》つて済《す》まないが、どうも人《ひと》に馬鹿《ばか》にされて不可《いけな》い。親《おや》に迄《まで》馬鹿《ばか》にされるから不可《いけな》い」

何《なん》だか厭《いや》になつた。早《はや》く森《もり》へ行《い》つて捨《す》てて仕舞《しま》はふと思《おも》つて急《いそ》いだ。

「もう少《すこ》し行《ゆ》くと解《わか》る。——丁度《ちやうど》こんな晩《ばん》だつたな」と脊中《せなか》で独言《ひとりごと》の様《やう》に云《い》つてゐる。

「何《なに》が」と際《きは》どい声《こゑ》を出《だ》して聞《き》いた。

「何《なに》がつて、知《し》つてるぢやないか」と子供《こども》は嘲《あざ》ける様《やう》に答《こた》へた。すると何《なん》だか知《し》つてる様《やう》な気《き》がし出《だ》した。けれども判然《はつきり》とは分《わか》らない。只《たゞ》こんな晩《ばん》であつた様《やう》に思《おも》へる。さうしてもう少《すこ》し行《ゆ》けば分《わか》る様《やう》に思《おも》へる。分《わか》つては大変《たいへん》だから、分《わか》らないうちに早《はや》く捨《す》てゝ仕舞《しま》つて、安心《あんしん》しなくつてはならない様《やう》に思《おも》へる。自分《じぶん》は益《ます〳〵》足《あし》を早《はや》めた。

雨《あめ》は最先《さつき》から降《ふ》つてゐる。路《みち》はだん〳〵暗《くら》くなる。

殆《ほと》んど夢中《むちう》である。只脊中《たゞせなか》に小《ちひ》さい小僧《こぞう》が食付《くつつ》いてゐて、其《そ》の小僧《こぞう》が自分《じぶん》の過去《くわこ》、現在《げんざい》、未来《みらい》を悉《ことごと》く照《てら》して、寸分《すんぶん》の事実《じじつ》も洩《も》らさない鏡《かゞみ》の様《やう》に光《ひか》つてゐる。しかもそれが自分《じぶん》の子《こ》である。さうして盲目《めくら》である。自分《じぶん》は堪《たま》らなくなつた。

「此所《こゝ》だ、此所《こゝ》だ。丁度其《ちやうどそ》の杉《すぎ》の根《ね》の所《ところ》だ」

雨《あめ》の中《なか》で小僧《こぞう》の声《こゑ》は判然聞《はつきりきこ》えた。自分《じぶん》は覚《おぼ》えず留《とま》つた。何時《いつ》しか森《もり》の中《なか》へ這入《はい》つてゐた。一間《けん》ばかり先《さき》にある黒《くろ》いものは慥《たしか》に小僧《こぞう》の云《い》ふ通《とほ》り杉《すぎ》の木《き》と見《み》えた。

「御父《おとつ》さん、其《そ》の杉《すぎ》の根《ね》の処《ところ》だつたね」

「うん、さうだ」と思《おも》はず答《こた》へて仕舞《しま》つた。

「文化《ぶんくわ》五年辰年《ねんたつどし》だらう」

成程文化《なるほどぶんくわ》五年辰年《ねんたつどし》らしく思《おも》はれた。

「御前《おまへ》がおれを殺《ころ》したのは今《いま》から丁度《ちやうど》百年前《ねんまへ》だね」

自分《じぶん》は此《こ》の言葉《ことば》を聞《き》くや否《いな》や、今《いま》から百年前文化《ねんまへぶんくわ》五年《ねん》の辰年《たつどし》のこんな闇《やみ》の晩《ばん》に、此《こ》の杉《すぎ》の根《ね》で、一人《ひとり》の盲目《めくら》を殺《ころ》したと云《い》ふ自覚《じかく》が、忽然《こつぜん》として頭《あたま》の中《なか》に起《おこ》つた。おれは人殺《ひとごろし》であつたんだなと始《はじ》めて気《き》が附《つ》いた途端《とたん》に、脊中《せなか》の子《こ》が急《きふ》に石地蔵《いしぢざう》の様《やう》に重《おも》くなつた。

解題

『夢十夜』

『東京朝日新聞』、『大阪朝日新聞』一九〇七年（明治四〇）七月二十五日（大阪は二十六日）〜八月五日初出。『四篇』（一九一〇年五月、春陽堂）に初収。本文は、初出に拠る。全十話のうち、四編が「こんな夢を見た」と始まるように、夢をモチーフとした連作である。『坑夫』と『三四郎』との間に発表された本作は、小説のようにも、エッセイのようにも見える。同時代に流行したジャンルである「小品」、すなわち感性を重んじた記述で内面を提示した短文にも通じるところがあろう。夢と文芸との結びつきは神話の時代から認められるが、個人の無意識の反映という理解は新しい。『夢十夜』は、近代的な意味を持つ夢が扱われた、日本における早い例であり、典型でもある。「第一夜」においては、死んだ女を待ち続ける男に、恋愛をめぐる禁忌の意識がうかがえる。背負った子から父が子殺しを告発される「第三夜」の展開は、エディプス・コンプレックスの概念に連絡する。フロイトの精神分析学を漱石が参照した様子はなく、資本主義、家父長制の時代を生きた者における共鳴現象と考えるのがふさわしい。むろん、理論の枠組に当てはまることを確認するだけが重要なのではない。目立たない細部の記述にも、作品の魅力を見出したい。

作者紹介

夏目漱石（一八六七年〜一九一六年）。牛込馬場下（現在の東京都新宿区）の名主の家に生まれる。東京帝国大学英文科を卒業後、諸学校で英語教師を務める。一九〇六年『ホトトギス』に発表した『吾輩は猫である』が評判となり、やがて朝日新聞社と専属契約を結んで、『虞美人草』（一九〇七年）から『明暗』（一九一六年）に至る連載小説を手がけた。ほかに『坊っちゃん』（一九〇六年）、『草枕』（同前）、『こころ』（一九一四年）など。

小僧の神様

志賀直哉

一

仙吉は神田の或るはかり屋の店に奉公して居る。

それは秋らしい柔らかな澄んだ日ざしが、紺の大分はげ落ちたのれんの下から静かに店先に差し込んで居る時だつた。店には一人の客もない。帳場格子の中に座つて退屈さうに巻煙草をふかして居た番頭が、火鉢の傍で新聞を読んで居る若い番頭にこんな風に話しかけた。

「おい、幸さん。そろ〳〵お前の好きなまぐろの脂身《あぶらみ》が食べられる頃だネ」

「えゝ」

「今夜あたりどうだね。お店を仕舞つてから出かけるかネ」

「結構ですな」

「外濠に乗つて行けば十五分だ」

「左うです」

「あの家のを食つちやあ、此辺のは食へないからネ」

「全くですよ」

色のはげた前掛の下に両手を入れて、若い番頭から少し退《さ》がつた然るべき位置に行儀よく座つて居た小僧の仙吉は「あゝあの鮨屋の話だな」と思つて聴いて居た。京橋にMと云ふ同業の店がある。其店へ時々使に出されるので、其鮨屋の位置だけはよく知つて居た。仙吉は早く自分も番頭になつて、そんな通《つう》らしい口をきゝながら、勝手にさう云ふ家ののれんをくゞる身分になりたいものだと思つた。

「何んでも、与兵衛の息子が松屋の近所に店を出したと云ふ事だが、幸さん、お前は知らないかい」

「へえ、存じませんな。松屋といふと何所のです」

「私もよくは聞かなかつたが、いづれ今川橋の松屋だらうよ」

「左うですか。で、其所はうまいんですか」

「左う云ふ評判だ」

「矢張り与兵衛ですか」

「いや、何とか云つた。何屋とか云つたよ。聴いたが、忘れた」

　仙吉は「色々左う云ふ名代の店があるものだな」と思つて聞いて居た。而して、「然しうまいと云ふと全体どう云ふ具合にうまいのだらう」左う思ひながら、口の中に溜つて来る、つばきを音のしないやうに用心しい〳〵飲み込んだ。

二

　それから二三日した日暮れだつた。京橋のMまで仙吉は使に出された。出掛けに彼は番頭から電車の往復代だけを貰つて出た。

　外濠の電車で鍛冶橋で下りると、彼は故《わざ》と鮨屋の前を通つて行つた。彼は鮨屋ののれんを見ながら、其のれんを勢よく分けて入つて行く番頭達の様子を想つた。其時彼はかなり腹がへつて居た。脂で黄がゝつたまぐろの鮨が想像の眼に映ると、彼は「一つでもいゝから食《〔ママ〕》いたいものだ」と考へた。彼は前から往復の電車賃を貰《〔ママ〕》らうと片道を買つて、帰りは歩いて来る事をよくした。今も其残つた四銭が懐の裏隠しでカチヤ〳〵と鳴つて居る。

「四銭あれば一つは食へるが、一つ下さいとも云はれないし」彼は左うあきらめ乍ら前を通り過ぎた。

　Mの店での用は直ぐ済んだ。彼は真鍮の小さい文鎮の幾つか入つた妙に重味のある小さいボオル函を一つ受取つて其店を出た。

　彼は何かしら惹かれる気持から、もと来た道を又引きかへして来た。而して、何気なく鮨屋の方へ折れようとすると、不図其四つ角の反対側の横丁に屋台で、同じ名ののれんを掛けた鮨屋のある事を発見した。彼はノソ〳〵と其方に歩いて行つた。

三

若い貴族院議員のAは同じ議員仲間のBから、鮨の趣味は握るそばから、手摑みで食ふ屋台の鮨でなければ解から《〔ママ〕》ないと云ふやうな通《つう》を切りに説かれた。Aは何時か其立食い《〔ママ〕》をやつてみようと考へた。而して屋台の其うまいと云ふ鮨屋を教そは《〔ママ〕》つて置いた。

或日、日暮れ間もない時であつた。Aは銀座の方から京橋を渡つて、かねて聞いて居た屋台の鮨屋へ行つて見た。其所には既に三人ばかり客が立つて居た。彼は一寸躊躇した。然し思ひ切つて兎に角のれんをくゞつたが、其立つて居る人と人の間に割り込む気がしなかつたので、彼は少時《しばらく》のれんをくゞつた儘、人の後ろに立つて居た。

其時不意に横合ひから十三四の小僧が入つて来た。小僧はAを押し退けるやうにして、彼の前の僅かな空きへ立つと、二つ三つ鮨の乗つてゐる前下がりの厚い欅板の上を忙しく見廻は《〔ママ〕》した。

「海苔巻はありませんか」

「あゝ、今日は出来ないよ」肥つた鮨屋の主は鮨を握りながら、尚ジロ〳〵と小僧を見て居た。

小僧は少し思ひ切つた調子で、こんな事は初めてぢやないと云ふやうに、勢よく手を延ばし、三つ程並んでゐるまぐろの鮨の一つをつまんだ。所が、何故か小僧は勢よく延ばした割りに其手をひく時、妙に躊躇した。

「一つ六銭だよ」と主が云つた。

小僧は落とすやうに黙つて其鮨を又台の上へ置いた。

「一度持つたのを置いちやあ、仕方がねえな」左う云つて主は握つた鮨を置くと引きかへに、それを自分の手元へかへした。

小僧は何も云はなかつた。小僧はいやな顔をしながら、其場が一寸動けなくなつた。然し直ぐ或る勇気を振る《〔ママ〕》ひ起こしてのれんの外へ出て行つた。

「当今は鮨も上がりましたからね。小僧さんには中々食べきれませんよ」主は少し具合悪るさう《〔ママ〕》にこんな事を云つた。而して一つを握り終ると、其空いた手で、今小僧の手をつけた鮨を器用に自分の口へ投げ込むと、直ぐ食つて了つた。

四

「此間君に教そはつ《ママ》た鮨屋へ行つて見たよ」

「どうだい」

「中々うまかつた。それは左うと、見て居ると、皆かう云ふ手つきをして、魚《さかな》の方を下にして一ペンに口へほうり込むが、あれが通《つう》なのかい」

「まあ、まぐろは大概あゝして食ふやうだ」

「何故魚の方を下にするのだらう」

「つまり、魚が悪るかつ《ママ》た場合、舌へヒリヽと来るのが直ぐ知れるからなんだ」

「それを聞くとBの通も少し怪しいもんだな」Aは笑ひ出した。

「本統だ」

「そんなら客に左うして食はれる鮨屋は侮辱されてるわけだね」

「左う云ふわけになるが、今は習慣になつて居るから、オリヂナルの意味はなくなつて居るのさ」

　Aは其時小僧の話をした。而して、

「何んだか可哀想だつた。どうかしてやりたいやうな気がしたよ」と云つた。

「御馳走してやればいゝのに。幾らでも、食へるだけ食はしてやると云つたら、嘸ぞ喜んだらう」

「小僧は喜んだらうが、此方が冷汗ものだ」

「冷汗？　つまり勇気がないんだ」

「勇気かどうか知らないが、兎も角左う云ふ勇気は一寸出せない。直ぐ一緒に出て他所《よそ》で御馳走するなら、まだやれるかも知れないが」

「まあ、それはそんなものだ」とBも賛成した。

五

　Aは幼稚園に通つて居る自分の小さい子供が段々大きくなつて行くのを数の上で知りたい気持から、風呂場へ小さい体量ばかりを備へつける事を思ひついた。而して或日彼は偶然神田の仙吉の居る店へやつて来た。

　仙吉はAを知らなかつた。然しAの方は仙吉を認めた。

店の横の奥へ通ずる三和土になつた所に七つ八つ、大きいのから小さいのまで、荷物ばかりが脊順に並んでゐる。Aは其一番小さいのを選んだ。停車場や運送屋にある大きな物と全く同じで小さい、其可愛いはかりを妻や子供が嘸ぞ喜ぶ事だらうと彼は考へた。

番頭が古風な帳面を手にして、

「お届〔ママ〕先きは何方様《どちらさま》でムいますか」と云つた。

「左う………」とAは仙吉を見ながら一寸考へて、

「其小僧さんは今、手すきかネ?」と云つた。

「へえ別に………」

「そんなら少し急ぐから、私と一緒に来て貰らへ〔ママ〕ないかネ」

「かしこまりました。では、車へつけて直ぐお供をさせませう」

Aは先日御馳走出来なかつた代り、今日何所かで小僧に御馳走してやらうと考へた。

「それからお所とお名前をこれへ一つお願ひ致します」

金を払う〔ママ〕と番頭は別の帳面を出して来てかう云つた。

Aは一寸弱つた。はかりを買ふ時、そのはかりの番号と一緒に買手の住所姓名を書いて渡さねばならぬ規則のある事を彼は知らなかつた。姓名を知らしてから御馳走するのは同様如何にも冷汗の気がした。仕方なかつた。彼は考へ〱出鱈目の番地と出鱈目の名を書いて、渡した。

六

客は加減をしてぶら〱と歩いてゐる。其二三間後からはかりを乗せた小さい手車を引いた仙吉がついて行く。

或る俥宿の前まで来ると、客は仙吉を待たせて中へ入つて行つた。間もなくはかりは支度の出来た宿俥に積み移された。

「では、頼むよ。それから金は先《さき》で貰つて呉れ、其事も名刺に書いてあるから」と云つて客は出て来た。而して、今度は仙吉に向かつて「お前も御苦労。お前には何か御馳走してあげたいから其辺まで一緒においで」と笑ひながら云つた。

仙吉は大変うまい話のやうな、少し薄気味悪い話のやうな気がした。然し何しろ嬉しかつた。彼はペコ〳〵と二三度続け様にお辞儀をした。

　そばやの前も、鮨屋の前も、鳥屋の前も通り過ぎて了つた。「何所へ行く気だらう」仙吉は少し不安を感じ出した。神田駅の高架線の下をくゞつて松屋の横へ出ると、電車通りを越して、横丁の或る小さい鮨屋の前へ来て其客は立止まつた。

「一寸待つて呉れ」かう云つて客だけ中へ入つた。仙吉は手車のかぢ棒を下ろして立つて居た。

　間もなく客は出て来た。その後ろから、若い品のいゝかみさんが出て来て、

「小僧さん、お入りなさい」と云つた。

「私は先へ帰るから、充分食べてお呉れ」かう云つて客は逃げるやうに急ぎ足で電車通りの方へ行つて了つた。

　仙吉は其所で三人前の鮨を平げ《（ママ）》た。餓え切つた痩せ犬が不時の食にありついたかのやうに彼はがつ〳〵と忽ちの間に平げ《（ママ）》て了つた。外に客がなく、かみさんが故《わざ》と障子を締切つて行つてくれたので、仙吉は見得も何もなかつた。食ひたいやうにして鱈腹に食ふ事が出来たのである。

　茶をさしに来たかみさんに笑ひながら、

「もつと、あがれませんか」と云はれると。仙吉は少し赤くなつて、

「いえ、もう」と下を向いて了つた。而して、忙しく帰り支度を始めた。

「それぢやあネ、又食べに来て下さいよ。お代《だい》はまだ沢山頂いてあるんですからネ」

　仙吉は黙つて居た。

「お前さん、あの旦那とは前からお馴染なの？」

「いえ」

「へえ……」かう云つて、かみさんは其所へ出て来た主《あるじ》と顔を見合《（ママ）》せた。

「粋《いき》な人なんだ。それにしても、小僧さん、又来て呉れないと、此方が困るんだからネ」

　仙吉は下駄をはきながら只無闇とお辞儀をした。

七

　Aは小僧に別れると追ひかけられるやうな気持で電車通りに出ると、其所へ丁度通りかかつた辻自動車を呼び止めて、直ぐBの家へ向かつた。

　Aは変に淋しい気がした。自分は先の日小僧の気の毒な様子を見て、心から同情した。而して、出来る事なら、かうもしてやりたいと考へて居た事を今日は遇然の機会から遂行出来たのである。小僧も満足し、自分も満足してゐゝ筈だ。人を喜ばす事は悪い事ではない。自分は当然或る喜びを感じてゐゝわけだ。所が、どうだらう、此変に淋しい、いやな気持は。何故だらう。何から来るのだらう。丁度それは人知れず悪い事をした後の気持に似通つて居る。

　若しかしたら、自分のした事が善事だと云ふ変な意識があつて、それを本統の心から批判され、裏切られ、嘲けられて居るのが、かうした淋しい感じで感ぜられるのかしら？　もう少し仕た事を小さく、気楽に考へてゐれば何んでもないのかも知れない。自分は知らずぐ〳〵こだわつて居るのだ。然し兎も角恥ずべき事を行つたといふのではない。少なくも不快な感じで残らなくもよさゝうなものだ、と彼は考へた。

　其日行く約束があつたのでBは待つて居た。而して二人は夜になつてから、Bの家の自動車でY夫人の音楽会へ出掛けて行つた。

　晩《おそ》くなつてAは帰つて来た。彼の変な淋しい気持はBと会ひ、Y夫人の力強い独唱を聴いて居る内に殆ど直つて了つた。

「はかりどうも恐れ入りました」細君は案の定、其小形なのを喜んで居た。子供はもう寝て居たが、大変喜んだ事を細君は話した。

「それは左うと、先日鮨屋で見た小僧ネ、又会つたよ」

「まあ。何所で？」

「はかり屋の小僧だつた」

「奇遇ネ」

　Aは小僧に鮨を御馳走してやつた事、それから、後《あと》、変に淋しい気持になつた事などを話した。

「何故でせう。そんな淋しいお気になるの、不思議ネ」

善良な細君は心配さうに眉をひそめた。細君は一寸考へる風だつた。すると、不意に、「えゝ。其お気持わかるわ」と云ひ出した。「左う云ふ事ありますわ。何んでだか、そんな事あつたやうに思ふわ」

「左うかな」

「えゝ、本統に左う云ふ事あるわ。Bさんは何んて仰有つて？」

「Bには小僧に会つた事は話さなかつた」

「左う。でも、小僧は吃度大喜びでしたわ。そんな思ひがけない御馳走になれば誰れでも喜びますわ。私でも頂きたいわ。其お鮨電話で取《〔ママ〕》寄せられませんの？」

八

仙吉は空車を引いて帰つて来た。彼の腹は十二分に張つて居た。これまでも腹一杯に食つた事はよくある。然し、こんなにうまい物で一杯にした事は一寸憶ひ出せなかつた。

　彼は不図、先日京橋の屋台鮨屋で恥をかいた事を憶ひ出した。漸くそれを憶ひ出した。すると、初めて、今日の御馳走がそれに或る関係を持つて居る事に気がついた。若しかしたら、あの場に居たんだ、と思つた。吃度そう《〔ママ〕》だ。然し自分の居る所をどうして知つたらう？　これは少し変だ、と彼は考へた。左う云へば、今日連れて行かれた家は矢張り先日番頭達の噂をしてゐた、あの家だ。全体どうして番頭達の噂まであの客は知つたらう？

　仙吉は不思議でたまらなくなつた。番頭達が其鮨屋の噂をするやうに、AやBもそんな噂をする事は仙吉の頭では想像出来なかつた。彼は一途に自分が番頭達の噂話を聴いた、其同じ時の噂話をあの客も知つてゐて、今日自分を連れて行つて呉れたに違い《〔ママ〕》ないと思ひ込んで了つた。さうでなければ、あの前にも二三軒鮨屋の前を通りながら、通り過ぎて了つた事が解か《〔ママ〕》らないと考へた。

　兎も角あの客は只者ではないと云ふ風に段々考へられて来た。自分が屋台鮨屋で恥をかいた事も、番頭達があの鮨屋の噂をしてゐた事も、その上第一自分の心の中まで見通して、あんな充分な御馳走をして呉れた。到底それは人間業ではないと考へた。神様に〔ママ〕も知れない。それでなければ仙人だ。若しかしたらお稲荷様かも知れない、と考へた。

彼がお稲荷様を考へたのは彼の伯母で、お稲荷様信仰で一時気違ひのやうになつた人があつたからである。お稲荷様が乗り移ると身体《からだ》をブル〱震はして、変な予言をしたり、遠い所に起〔ママ〕つた出来事を云ひ当たりする、彼はそれを或る時見てゐたからであつた。然しお稲荷様にしてはハイカラなのが少し変にも思つた。それにしろ、超自然なものだと云ふ気は段々強くなつて行つた。

九

Aの一種の淋しい変な感じは日と共に跡型もなく消えて了つた。然し彼は神田の其店の前を通る事は妙に気がさして出来なくなつた。のみならず、其鮨屋にも自分から出掛ける気はしなくなつた。

「丁度ようムんすわ。自家《うち》へ取寄せれば、皆もお相伴出来て」と細君は笑つた。するとAは、

「俺のやうな気の小さい人間は全く軽々しくそんな事をするものぢやあ、ないよ」と笑ひもせずに云つた。

十

仙吉には「あの客」が益々忘れられないものになつて行つた。それが人間か超自然のものか、今は殆ど問題にならなかつた。只、無闇とありがたかつた。彼は鮨屋の主夫婦に再三云はれたにかゝはらず、再び其所へ御馳走になりに行く気はしなかつた。さうつけ上る事は恐しかつた。

彼は悲しい時、苦しい時に必ず「あの客」を想つた。それは想ふだけで或る慰めになつた。彼は何時かは又「あの客」が思はぬ恵みを持つて自分の前へ現はれて来る事を信じてゐた。

作者は此処で筆を擱く事にする。実は小僧が「あの

客」の本体を確かめたい要求から、番頭に番地と名前を教へて貰つて其所を尋ねて行く事を書かうと思つた。小僧は其所へ行つて見た。所が、其番地には人の住ひ《〔ママ〕》がなくて、小さい稲荷の祠があつた。小僧は吃驚した。と云ふ風に書かうと思つた。然しさう書く事は小僧に少し惨酷な気がして来た。それ故作者は前の所で擱筆する事にした。

『小僧の神様』

解題

志賀直哉の短編小説『小僧の神様』の初出は『白樺』一九二〇年一月号。初収単行本は『荒絹』（一九二一年二月、春陽堂）。「四」における通の鮨の食べ方についての会話の一部が削除されるなど、初収時に修正が多く施された（本文は、初出に拠る）。本作の題名が、のちに志賀が〝小説の神様〟と呼ばれるもととなったが、発表当時の反応としては、太田善男の「初春の文壇（九）」（『読売新聞』一九一九年一月一五日）における「妙に拵へた小説」以外にはあまりなく、当時高く評価されたとは考えにくい。志賀自身はのちに「創作余談」（現代日本文学全集『志賀直哉集』一九二八年七月、改造社）で「屋台のすし屋に小僧が入つて来て一度持つたすしを価をいはれ又置いて出て行く、これだけが実際自分が其場に居あはせて見た事である。此短篇には愛着を持つてゐる。」（全文）と語っている。

論点は多い作品で、章によって切り替わる焦点人物、貴族院議員Aと小僧の社会階層における対極性、秤屋と鮓屋の当時における位置づけ、末尾に突然登場する「作者」の存在の意味などがこれまでの研究の主題となっている。

作者紹介

志賀直哉は一八八三年に生まれ、一九七一年に亡くなった。学習院で学び、東京帝国大学英文学科に進学。国文学科に転科した後、退学した。学習院の仲間と雑誌『白樺』を創刊し、短編小説を中心に作品を発表した。初期は『濁った頭』『范の犯罪』などの過敏な意識を簡潔な文体で描写するリアリズムを特徴としたが、父との不和の解消などにより調和的な心境小説に推移し、『城の崎にて』・『和解』などはその代表作。『暗夜行路』は完成まで長くかかった唯一の長編小説。昭和期は寡作だった。

施療室にて

平林たい子

憲兵隊から病院へ戻ってくると、もう日暮れだった。客にあぶれた馬車が、手綱をたるめて、広場へ向って傾斜した舗道をカラカラと走って行く。

「哀乎《アイフ》小銭没有《シャオチエンメイヨウ》――」

私を乗せてきた俥屋は、迷惑そうにそう言って、鮮銀の青い紙幣をひろげて私の掌に戻した。門前の支那人の小売店で、明日差入れるための白い塵紙を二帖買うと、小さな銀貨が四枚戻ってきた。十銭銀貨を受取ると、俥屋は「シェーシェー」と言って、前に自転車を引いて行く少年にラッパを高く鳴らして走り去った。

私は、受付の老人が電燈の下で首を突きだしているのに丁寧に頭を下げて、脂《あぶら》で冷い草履と履きかえた。肥った足の太股が気だるい。

後《おく》れ毛をいらいらしてかき上げながら、恐しい憂愁が額にかぶさっているのを感じた。

半地下室の施療室の階段の上まで来ると、ちょっと右足に鈍い疼《うず》きが走ったと思う間に、きゅっと引吊って、どうしたはずみか、足をすくわれたように冷いコンクリの床にべたりと倒れてしまった。手を突いて立上ろうとすると、膝が金具のようにがくがくと鳴って、腹の大きい体を支えようとする両手が、あやしくわななとふるえる。たよりない戦慄が四肢から体の方へ這い上ってくる。

三尺ほど先の暗い床の上へ投げだした塵紙の一束が白く長方形にぼんやり浮いているのを見ながら床へ耳を近づけるようにして人の来るのを待ったが、半地下室へ行く廊下は坑道のようにひっそりと湿って暗い。耳をすますと埃《ほこり》くさい廊下の床低く澄んだ蚊の翅《はね》の音が異臭を含んだ風といっしょに頬を避けて過ぎる。

血を吸った蚊のような大きな腹をかかえて起き上れない体が河から引摺り上げた重い一本の丸太のように

情なく考えられる。右の手で一年草の茎のように弱い左手をさすってみると右の手の五本の指の腹に、縮緬《ちりめん》にさわったようなチリチリした痺れが感じられる。脚気《かっけ》だ。人に聞く妊娠脚気の症状だ。赤土の埃を多量に含んだ植民地の空気と、水八分に南京米二分の塩からい長い間の悪食で妊娠脚気にかかったのだ。

この上に脚気か。――

暗がりの中に、自分の無表情を感じる。

――しかし、出産の上に脚気が重ったら、自分の入獄は少し伸ばされるかもしれない。――無感情の頭の中から、うすい喜びに似たものがかすかに流れだした。私は監獄を恐れる。嬰児を抱いて監獄生活をする女を描いてみると、内臓が縮むような感じがする。この子供をはじめて腹に抱いたことを知った時にも私は、東京の大地震のどさくさまぎれで監獄にいた。私によって運命づけられた子供の一生は監獄生活かもしれない。いや、しかし、それでいいのだ。私は、額の広い、目の少し吊った女の児をうみたいと思う。よし、日本のボルセヴィチカを監獄で育てよう。

しばらくすると、私は胸を突きあげる胎動にさからいながら厚い唇で口笛を吹いた。

汽罐車が蒸気を捨てる時のようなかすれた口笛が鍵のように折れ曲った廊下の暗がりを流れた。

馬車鉄工事の線路を破壊した時の、海にトロッコが転り落ちる凄じい音が、こだまのように耳にいきいきと聞える、すべてが無念だ。

夫と三人の苦力《クーリー》監督が企てたテロのために、四人は監獄にほうりこまれ、争議は根こそぎ負けた。苦力たちの団結は破れて、争議以前よりもひどい解雇条件で、卑屈な苦力たちは薄い布団を背負って埃だらけの布靴で、張作霖《ちょうさくりん》の募兵に応じるために、割引の南満鉄道に荷物のように押合って乗りこんで去った。

あとに残ったものは同志四人の投獄と、夫の入獄で行路病者票を得て慈善病院に入院して出産を待っている私とだ。馬鉄公司の女中であった私も共犯として出産のすみ次第収容されるべき運命にある。施療室の私の寝台のわきには、いつも汚れたタオルを鷲づかみにして髪の伸びた襟の汗を拭く看守巡査が見張っているのだ。

私は夫をうらむまいと思う。ああいう風なテロをすれば、こうなって行くという見透しは、私にはあまりに明白だったのだ。夫の三人の同志とは、私の考を妊娠している女の因循な臆病だと笑った。しかし、結果は私の予想したとおりだ。しかし、そういうところを通り抜けなければ向うへ行けないすべての大勢ならば、やはり、それに従って行かなければならないのが、運動する者の道だ。夫に対する妻の道だ。私は、少しも悔いてはいないのだ。

人の足音が近よってきた。新しい革の靴の音が、窓ぎわの方へ寄ってきざむように近寄ってきた。肩のすっぺり薄い紺のアルパカの上半身が、窓の外のほの白いシーツの干し物を背にしてぽかりと描きだされた、私は、今倒れたように見せかけるために身構えた。受付の老人だ。

「あのすみませんがちょっと手を貸してくださいませんか」

「何だい、そんな所へ坐って……」

老人は、目の間に厚みのある皺をよせて目を見定めるために背を曲げて近寄ってきた。

「北村さんじゃないか。……困るね」

老人は、施療患者の私だと知ると、心持言葉を荒くして背を外らしたまま不親切に手をさしだした。私は、老人の皮のたるい乾いた手につかまって板壁に体をもたせかけた。足が果物のように冷い。歩こうとすると、足が風琴のように畳まりそうだ。

私は、老人のたよりない体に、腹の重い体をもたせて地下室への階段を降りた。

憲兵隊の呼びだしで、一日爽かな外の空気を吸ってきた私に、便器と消毒薬の香と、その香を外へ逃がすまいとする半地下室の床の湿気とが、もつれて襲いかかる。

中風の老婆は、寝台の上に烏賊《いか》のようにべたりとねたまま、壁のように青みがかった白目だけを動かして、じろりと私を見た。私も同じような目で見返した。

北側の隅から泡の消えるような念仏の声が聞える。これも旅順の養老院から送られてきた、片手が枯枝のように硬直した老婆だ。彼女の念仏の声をきくと、病気のない私には、便器の香がますますたまらなくせまってくるような気がする。

看守の巡査は、講談本を私の枕頭台の上に置いて、洗濯でゆきの縮んだ白服の腕を胸に曲げて私の布団の上に斜に倒れて眠っていた。

結びきらない口の尻からひげをぬらして水飴のような涎が流れて私の布団の上までみみずのような線をひいている。

私は、金ボタンといっしょに白服の胸をつかんで揺った。

「ああ、寝ちゃった。今帰ったところ？　遅いんで心配しちゃった」

私は返事をせずに、枕頭台の向側にかけておいた手拭をとって、涎のたれた布団のカバーを拭いた。

「どうでした」

「どうでもなかったの」

私は帯を寝台から床の上へ長くたらしたまま、低い寝台の上に、投げだすように横になってみしみしと、幾度か寝返った。

「じゃ、帰ろう。さよなら」

「さよなら」

巡査が扉を押して出て行くのを、自殺未遂の娼妓あがりの女が、寝られなさそうに首をもたげて見送った。制服の引伸びた影が廊下の壁を揺れて行く。

足が熱い。足の筋肉が、鉛のような重みを膝にもたせかける。絶望が、心の中にぎざぎざと鋸《のこぎり》のような歯を立てる。これが、二十二年の間夢を描いて積み重ねてきた私の人生の成果か。壁紙の雨洩りの隈どりが、異様な地図を描いてみえる。

夜が更けてくると、アカシヤの苗木畑を吹く風が薬品倉庫に突当って、砂を施療室の窓硝子にさらさらと投げつけた。窓硝子は、硝子で風の音だけを遮ってがたがたと鳴った。

私は左足をのさりと右足にのせて電燈の長いコードを見上げながら夫のことを考える。

夫ではない。同志だ、夫と考えるからこそいろいろな不満が引摺りだされる。××と××を前にした、同志としての男女関係に、あの頼りない一本の綱に皆が縋ろうとする古い家族制度は去年の雑草のように枯れているはずだ。しかし——球の大きい縁の黒い眼鏡が吸い上げようとするように、背の低い私を見下している。「光代、許してくれよ。うまれる子供とお前に、俺は一番すまなく思うよ。俺が悪かった」下を向いている眼鏡に目から一滴の雫が落ちてぱっと拡大される——それは、昼間憲兵隊の廊下で鎖につながれた夫に会った時の光景だ。私は、何か顔を掩ってしまいたい衝動を感じる。

何が彼にあんな未練の糸につながれた女々しい態度をさせるのであろうか。彼の充血した目は、いったい私にどうせよと要求しているのだ。

妻の存在が、意志の弱い夫を未練につなぎとめる。未練の夫が投げてくる長い帯の端を、妻は受取らずにはいられないのだ。ああいやだ。いやだ。どこかへ落ちこみそうでたまらない気持だ、寄木細工のようにがらがらに崩れてしまいたい。

愛する同志よ、周囲を見廻すな。前を見よ。前を見よ。深い天井に描いた彼の幻影に呼びかけてみる。

私は、咽喉《のど》を笛のように円くして、低い声で「民衆の旗」をうたいだした。高い音のところへ来ると肩を突きあげて肺の息を押しだしながら、ふるえる自分の声に聞き入る。涙が一滴耳へ擽るように流れこんできた——。

何時間程眠ったろうか。私は隣の喘息の咳で、体をびくっとさせて目をさました。窓が、ひそやかにことこと鳴っている。

足の位置をかえるために背を動かすと恐しい疼痛が蔓のように下腹を這った。さては?

何か縮むような痛みがつづけて押してくる。堪えるために背を曲げて両手を下腹にあてると痺れた指の腹と掌とに、皮膚の張りきったなだらかな膨脹が感じられる。しみじみと撫でてみた。

瞼に、とてもさからいがたい睡気が襲ってきてはあとから、怒号のように腹痛がよせてくる。痛い。とてもたまらない痛みだ。

私は衝動的に起上って肥った膝を手で抱えて腹にあ

てがった。自分の体のうちとは思われないなつかしいぬくもりが冷えた下腹に伝った。とても、足で押えるくらいではたまらない痛みだ。私はまた足を投げて倒れて背中あたりに固い枕を感じているままで、寝台のざらざらした鉄棒につかまった。痛みが潮の引くように遠ざかると、錆びた鉄棒の冷いのが、脂でにたにたした手に快い。

私は、鉄棒を引寄せるように握ってうんと息をつめながら力まかせに堪えた。

「う、う、う、う」

顔の筋肉を鼻のまわりに縮めて腹に力を入れると、つむった目の闇の中に、さまざまなものが一度に現れて消える。トロッコが海へ転り落ちた時の凄じい音が聞える。顔をそむけたいような挨が煙のように舞い上る。目をひらいてみると、窓が砂塵をはじいてことことと鳴っている。高い天井から吊り下った電燈のコードが、静に、フラフラとゆれている。ひそやかな、ひ弱い寝息が、私の絞るような唸り声とはまざらずに、すうすうと立昇っている。

私は、自分の、悽惨な野獣のようなうなり声を残忍に聞き入った。

私は、愛する夫と引裂かれてこんな植民地の施療病院で誰にも見とられずに野良犬のように子供をうむ自分の不幸を嘆いてはならない。

私は、私の中に、消えなんとして、いつも焔を取戻してくる一本のろうそくの火を見守りながらここまで生きてきた。私は未来を信じて生きる。今こんな苦闘の中にいても、私は、この苦闘の中を縫って行く一つの赤い焔を感じる。私は、どこまでもどこまでも、それを見守って闘って行こう。塩からい涙が歪んだ表情の上をとめ処なく流れる。

午前五時、二階から便所へ降りてきた看護婦長に陣痛を発見されて、古綿の汚点のついた布団を一枚敷重ねられた上で、私は猿のように赤い女の児をうんだ。つぶった目は糸のように吊り上っていたが、五分ほど伸びた絹糸のような髪が額に垂れて、頭がツンと長かった。

窓の外は硝子いっぱいに青い夜明けだ。子供は、育児院から貰ってきた、乳汁で枕のあたりがこちこちに固まっている麻の葉模様の布団の上で、掛布団を外したままで真赤な足をばたばた蹴って火のついたようにないている。

室の中に外の光がさしこむにしたがって看護衣の漂白の青味がかった神経質な白さが皺くちゃに疲れている私の神経に刺しこんできた。私はおとなしく看護婦長のいうとおりに足をたてて目をつむっている。股が熔けてしまいそうにだるい。

腕のつけ根が痛むので肩をすくめながら、変にやわらかい足の腹を撫でると、遠くの方で恐しくつるんと滑かなものにさわるような手ざわりがする。手も足も厚い餅を張ったように、まったく痺れているのだ。

看護婦長のニッケルの冷いピンセットが内股にふれる感触が何か思いだしかかって思いだせないように廻りくどい。

「婦長さん、私、とてもひどい脚気のようですよ。こんなにしびれて……」

私は、あわれみを乞うように掌で、白い足の膚をさすってみせた。

「脚気？　だいじょうぶですよ」

婦長は、眼尻を下げて無感動な顔で、黄色な液汁を吸った、ボタボタの脱脂綿を瀬戸皿の中へ投げこむ。

「しかし……まあ見てください。こんなに凹むんですよ」

ひょっと人指ゆびで押した膝のわきが、笑靨《えくぼ》のように深くへこんだまま戻ってこない。自分ながら驚いて、二た所ばかり押してみると、指がめりこむように深い窪みができる。

「困りましたね」

婦長は、私を疑うように自分の指で押してみた後、海老《えび》のような皺を額によせて、後れ毛の多い頭を横に振った。

私は明け放たれた窓の方へ向いて婦長の気持を考える。

産脚気はこの病院では一番てこずる病気だ。植民地の産脚気は、少し重いと三年も五年も足が立たない。便器の始末さえできない、足のたたない病人を背負いこむことは人手を少なくして、市から下りる補助金をなるべく私生活の方へ繰りこみたいこの病院長の一番迷惑とするところだ。同じ患者を三年も五年もつづけて置くことは、業績の上ではえない。「取扱患者数何千何百何十何人」と書いて、維持者の金持に廻す報告書に、人数が少なくなることは得策でないのだ。

婦長は院長夫人でクリスチャンである。表面は看護婦長であるが、事実は、医者の免状も持たずに患者の診察もするし往診もしている。表面はビロードのようにやさしいが、なかには荊《いばら》のような恐しい手応えをもった女だ。

婦長は、私の始末を終えてめくれていた浴衣を足へかけると、子供の寝台の方へ廻って、ギイと寝台を私の側へ引寄せた。私は明るさに堪えられないように弱くつむって吊上った子供の目をしみじみと見た。

妙な、説明のできない不思議さを感じるだけで、一番恐れていた「愛」というような感情は少しも起ってこない。

婦長が、薄いあかね木綿の布団を軽くのせて、足の方をぽんとたたくと子供は胸をかすかに動かして擽るようにやわらかい寝息をたてている。

白い、冴え冴えしたものが私の心にひろがる。長いトンネルを出た時の気持だ。さわやかな朝を感じる気持だ。昨日までの、あの、油じみた、絶望に怖かされる自分を脱ぎ捨てよう。こんな希望が、今日一日で乾き上ってしまうはかないものでないことを希う。――

朝の食事は、きのうと同じ上海菜《シャンハイな》の灰汁《あく》っぽい白ちゃけた味噌汁に、小皿にちょっぴり盛った塩をかむような昆布の佃煮、それと、半月形に切った二切の黄色な沢庵だ。

私は、昆布を、どろどろな粥にまぜて、横にねたままで口に流しこんだ。

「今日も上海菜明日も上海菜で私たちを乾し殺す気か」

布団の上にきちんと坐った中風の老婆が、頓狂な九州弁で言って、ねちゃねちゃに噛んだ青いものを床の上にベッと吐いた。一同が、それに吊られて口に食物を含んだ声で空虚に笑った。

「よう婆さん、味噌汁がいやなら私の沢庵と代えておくれよ」

娼妓あがりの女が寝台から下りて、紫のゴム裏草履を引摺って老婆の寝台まで出かけて行った。

「こらまた小宮を殺そうの相談だな。許さん許さん」

娼妓の前にいきなり、被害妄想狂の四十女が黒い箸をさしだしていかめしく振った。小宮とは十年も前に死に別れた夫の事だ。誰も毎日の事なので笑う者がない。

私は粥と昆布をたくさん残して箸を置いた。

夫に手紙を書くことを思いたったから。出産したら当分字を読んだり書いたりしてはならないと、流産の経験のある娼妓あがりからよく聞いていたので、見られたら煩いと思い、枕頭台のかげに雑誌をおいて台にして馬車鉄公司からごまかしてきた名入の便箋をひろげた。苦労性の彼を安心させるために、はじめは陽気に書きだしたがしまいに行くにしたがって変に興奮してきた。

「……足が立たなくなってしまったのです。便器をいじるのさえ自由でありません。看護婦にいやな顔をさされて便器の掃除をしてもらうことを思うと悲しくなります。それよりも、大変なのは、赤ん坊のおしめを洗う人間のないことです。しかたがありませんから、二階で働いている家政婦に一枚二銭で洗ってもらうよう話をたのみましたが、私の財布の中には今二円七八十銭の金しかありません。いったいどうなって行くんでしょう」

書くまい書くまいと思いながら、自分の感情に押されて、そんなことまで書いてしまった。こんな文句を書く自分に軽蔑を感じながら、急激に体を起して封をしていると頭が変にふらふらする。急いで枕に押しつけて目をつむると、し﹅い﹅ん﹅と水底へ落ちて行くようないやな音が聞える。脳貧血だな——そう思いながら、窓に掛けてある日本手拭が白くひらひらゆれているのを見ながら気を失ってしまった。……

ふっと気を取戻した。左の腕が痛む。袖をめくってみると、二ノ腕に絆創膏が菱形に貼ってある。気がつくと、看守の巡査がねっとりとした生温かい手で左の手首を握っている。脈を見ているのだなとは次の瞬間に気がついたが、はじめにぐっとこみ上げてきた反感と軽い驚きとを押えることができずに、上目をつかって下からひげだらけのあごを見上げながら勢よく腕を振放した。

「北村光代に××注射一筒、午前八時半」

「はーい」

よく透る若い女の声が、蠅がスースーとたわむれている暗い、空気の中を鈴のように往復する。注射器の箱の蓋をしめる、パチンというばねの強い音。

中風患者たちの肛門にさしこむ百目ろうそくのような灌腸器が看護婦の執務台にのっている。

「ちょっと、日勤の看護婦さん。きょうは灌腸が願えるんですか。まあうれしい。わたしはもうきょうで五日も出ないんだよ。下腹が六月くらいにでこでこして……」

中風の老婆につれて、妄想狂の女が、わけも判らずに「うれしうれし」と、節をつけてどなつた。

「おい、伯母さん伯母さん。またそんなにどなると死亡室行きにされるよ」

娼妓あがりが妄想狂に冗談をいうと、二人の中風の女が、いやな顔をしてだまってしまった。手のかかる長い病人を生きたままで死亡室へ運んで外から鍵をかけたという、この院長に関する新聞記事を、二人はそのまま信じているのだ。この病院に三ケ月厄介になったものなら、誰でも、一度はかならず同室の病人の臨終に会うので知らないものはない、庭の片隅の死亡室。こまかい葉のアカシヤが手をかざすように蔽いかぶさった石造の、ひろい、窓のない死亡室には青い黴が生えた尻切れ草履が流れついたように不揃にぬいであり、解剖台の上では、栓のねじりきれない水道の水が、絶えずとろとろと音を立てて石の上に落ちている。尻、腕、頭、肩の形が、畳一畳ほどの人造石解剖台のおもてに克明に刻んである。絶えず流れ落ちる水のために、花崗岩をにせた人造石のおもてに錆びた、一条の条《すじ》ができているのも、何か、人間の肉を切り刻んだあとを嗅ぎださせずにはおかないのだ。長い人生の戦いに敗れて、生活の鎖をこの地下室まで引摺りこんできた人々にとっては、死までの長い間の、施療室の生活よりも、死の最後の一瞬の、この、解剖台の上での自分を考えることが、一番たえがたい。冷い石の上で、生きていた間の入院料の代りに、手や足をずたずたに切り刻まれてしまう自分に、どうして、あの解剖台の上に掛った一枚の埃だらけの額のような平和な昇天を信じることができるか。――

「おいおい、ほんとにいやな冗談をいうんじゃないよ。気を腐らすじゃないか」

娼妓あがりは亀のように首をちぢめて舌をペロリと出して、言われない先に自分で言って、気むずかしい中風の女たちにあしらわないように、トランプの占いをはじめた。

「ハートかよしよし。おやおや。ダイヤだな。ほらっと、またダイヤか。幸先よくねえぞ」

私は、娼妓あがりのヒステリックな声をききながら、子供の方へ顔をよせて、うとうとと睡った。

午後になると、肩から袋をぶら下げたような重みが二つの乳房にかかってきた。私は顎を引いて、冬瓜《とうがん》のように醜くもり上って黒ずんでいる自分の乳房をしばらく見ている。

乳――乳の問題。湿気のはけない、煉瓦建の工場で解版をやっていた子持の女たちが脚気に罹って瞼をドブドブに腫して乳を子供たちに呑ませていたのを、いっしょに働いていて見たことがある。雨の多い晩秋の事だったが、子供たちは連日の下痢で皺くちゃに痩せて、乳房を離すとピイピイ泣いていた。託児所では病気の子はあずからない。紐で体に括りつけて出勤してきた女たちが小使にいくらか握らせて痩せた子供の枕を並べて小使室に寝させてあったところは、人の涙をさそうものだった。工場は不景気で閉鎖になったが、乳児脚気の子供たちが、あとで幾人か死んでしまったことをきいた。私の脚気も、その工場に働いていた時から源を発しているらしい。

なるようになれ。少なくとも、この場合では私は、こう言うよりほかに自分に訓《おし》えるべき言葉を知らないのだ。

人指し指と拇指でちょっと乳首を挟んで押すと、曲線を描いて、白い元結《もとゆい》のような幾条もの乳汁が枕掛の上に飛ぶ。ふと思いついて、人さし指を枕許の茶碗で洗って子供の桃色の唇に持って行くと体温の高い唇を輪のように円くして吸いついてきた。指を奪うと、ひきつけるようになきだした。

夕暮、珍しく薬品倉庫の板塀に止まって、油蟬が油を煮るように喧《やかま》しくなきだした。窓の外のアカシヤの細い葉が、横に投げてくる日没の薄日を受けとめて風にたわたわと動いている。遠くで、長く尾を引く支那《しな》俥《ぐるま》のラッパが流れるようにきこえる。

「検温――」

看護婦が銀時計の紐をぶら下げて、執務台から立上って男子室に合図している。厚みのある肉声がピリピリと複音を伴って幅の狭い廊下をどこまでも流れる。私は、懶《ものう》く柱時計を見上げて、冷い検温器を脇に挟む。牛乳だ、一日一合の牛乳がありさえすれば、この問題は解かれるのだ。子供に脚気の乳を呑ましてはならない。

胸が、糸で締められるように痛いので、さわると浴衣の薄れた模様の上に、びしょびしょに乳汁が流れだしている。子供は顎にさわる着物の襟を追いながら泣いている。乳房を求めているのだ。

温まった休温計を窓にすかしみた。水銀が三十八度五分のところまでのぼっている。二度五分あがっているわけだ。軽く額を押えてみた。

「御巡回御巡回」

白い帽子をひらひらさせながら若い看護婦が駆けてきてブリキの便器を廊下へ持ちだした。烏賊《いか》のようにねたきりの老婆の便器は、蓋をとると、蝿が勢よく、胡麻を撒いたように舞い上った。

間もなく、院長夫婦が西側の入口から入ってきた。婦長は、ピンピンとゴム管がはねる聴診器を手に持ち、院長は青筋の張った両手をズボンの臀の上で結んで婦長についてきた。度の弱い眼鏡を透して見られる、二つの瞼の高い目には、かくしがたい、退屈の充血が見られた。あるいは、昨夜、酒でも呑んだのか。

「おお神様、今日も、この不幸な病める人々と、ともにある時間を与えてくださいましたことを感謝いたします……」

「アーメン」と娼妓あがりが鼻声で和した。私は、いかにして牛乳の話を院長に切りだすべきかについて考え、考えを乱す娼妓あがりの鼻声に反感をもちながら、猫のようにさとく身がまえる自分を感じ、仰向けにねて目をつむっていた。

婦長の腕時計のセコンドの音が近よって聞えたので、私は永い睡りから今さめたようにぱちりと目をあいた。

「ああ、いい顔して睡っているわ」

婦長が子供の顔の蠅よけのガーゼをとっている後から院長が追いついてきた。

「野田、この壜は何に使ったのだ」

患者名簿を腕の上でめくっている看護婦を振返って、院長が、小さな壜を示した。私は気がつかなかったが、それは私の枕頭台の上にあったのだ。

「は――」

看護婦は解せない顔でそれを受取って目の高さに上げて目を険しくしてレッテルの文字を読んだが、

「ああ、これは、今朝この人に注射した薬品でございます」

「注射？　注射は婦長さんに許可を仰いだのか」

「いいえ、あの、失神したものでございますから。……いつも脳貧血を起す癖がありますししますので、御許可をうけることは略しております」

「ばか野郎！」

いきなり青い硝子が粉のように床で砕けて四方に飛び、コルクが二間もころころと転った。

「君も二年も看護婦をやったんだから、このドイツ語くらいはよめるだろう。この×××という薬品は一度口をあけるともう使えないんだ。一グラムいくらするのか、君は知ってるのかね。こんな貧乏病院で脳貧血にいちいちこんな薬を使われてたまるもんかね、君」

舌まわりの悪い独逸語の濁音を私は頭の上で聞いて鼻の穴で笑った。

――一壜の薬品の値段よりも軽蔑せられた女患者の生命――

私は、子供に濁った乳をのませる決心が、ひょうひょうと風のように淋しく心に舞いこんできたのを感じた。

恐しい勢で乳汁が流れだす。乳の張る痛みが、朝になると肩まで溯ってきた。体の一部に膿をもっている気持だ。夜中に二回子供に乳首をふくませたが、舌と咽喉の吸引力が快く乳首から乳汁を誘いだす。

乳を吸われている気持は、軽い睡気に揶揄されているように快い。これが母親の気持のはじまりに違ない。

恐しく快い朝がやってきたものだ。乳の下まで痺れが上ってきた体が膚にキッチリした羽二重の肉シャツをつけているようになめらかだ。

牛乳、牛乳、と燻製の鰊のように魅力のない声がどこかで聞えて聞えてしかたがないが、切り捨てることはたやすくできる。脚気の乳であろうと膿であろうと、愛する子供が咽喉を鳴らして飲んでいるではないか。貧農であった私の祖父も、職人であった私の父も皆、蛆のように頭数の多い自分の子供らに食わせるために一生働いて摺り減って死んだ。子供に食わせたいという強い要求は、昔から貧乏人の伝統の中を針金のようにして貫いてきたものだ。

過去と未来とを切り落した、平面な、一枚の紙のような自分を感じる。どうせ、しばしの間の母子だ。私の行く手には監獄が壁のように立塞っている。監獄は少し発育すると子供を引離す。陰惨な監獄生活を子供に知らせてはいけない。また親に罪はあっても子には罪はないゆえ不法拘束になる――そんな理由で子供だけは外へ追いだされるが、こんな個人主義の世の中で母と引きちぎられた子供がどうして自由でありうるか。あの法律は、囚人である母親が、子供という「愛するもの」を、何物をも失っているべき監獄で持っているということに対する拘束をしか意味していないのだ。

――ああここまで考えてくると、いつの間にか手に負えないニヒリズムにはまっている自分を発見する。

社会主義者私は、入獄という事実の前に萎縮している。たしかに萎縮している。ああ、そして、また、このあわれむべき自覚が、私を絶望させるのだ。

女よ。未来を信ぜよ。子供への愛が深いならば、深いがゆえに、闘いを誓え。

ほんとうにさわやかな朝だ。

男子室の、結核患者の咳の声が、二階の看護婦の捨てた桃色の桜紙といっしょに風に吹きまくられて、窓に近い私の寝台の上に舞いこんできた。娼妓あがりが、ヒステリーを起して、布団の裾に真白な足の裏を二枚見せてないている。生えさがりの長い耳のあたりに、虐げられきったもののあどけなさが見える。娘時代には美しい女だったろうと思う。

うとうとしたかと思うと、廊下を喧しく走る音で目をさました。白い服をひるがえして幾人もの看護婦がばたばたと走って通る。

――死んだ！――とどこからか聞えた。

――え？　死んだ？――自分の驚き方に自分ながら驚かされながら頭をあげた。と笑靨のある見習看護婦が、迷いこんだように飛びこんできて腕を顔にあてて「あああ」と深い驚を吐きだすように溜息をついた。

「重病室にいる脚気衝心《かっけしょうしん》の人が、いつか死んでいたのを知らないでいたもんだから顔に、こんなに蠅がたかって……」

看護婦は、赤いルビーをはめた左手を、眼を掩うような格好に顔にあててみせた。

「え？　蠅――」

私は、顔に蠅が止った時の冷い、いやな感触を思いだしながら、子供の顔のあたりを飛んでいる蠅を手で追った。子供は、眉をぴんぴんと動かしながら眠っている。

間もなく二本の竹にズックをはさんだ粗末な担架が、外の明るい青葉を背景にして暗い廊下を過ぎて行った。ネルの汚れた毛布の下から、真桑瓜《まくわうり》のように腫れ上った片足が見えた。

担架が、死亡室へ行く広い庭の方へ廻った。私は、寝台のあらい格子の間から、担架の後をかついで行く支那人の辮髪《べんぱつ》が、尻のあたりでピンピン歩くたびにはねかえされるのを見た。支那人が踏んで行く庭の地面には石にひしがれた蒲公英《たんぽぽ》が金色に咲いている。もう七月も半ばだ。

室の中に目を転じると真暗に見える室の隅で、妄想狂の女が「なむあみだ仏なむあみだ仏」と口を動かして笑っている。

「北村さん。今の人、生きておったよ」

「え?」

私は、意味を解しかねて、聞きかえした。

「今担架に乗って行った人ね、生きておったよ」

「まさか……」

「いや、生きておった生きておった」

女はおもしろそうにそういいながら自分の膝をめくって、不似合な赤フランの下から肉のたるみきった片足を突きだして動かしてみせた。

「ここから見ると、ちゃあんと見えた。足がこうこう動いていたんだもの」

「縁起の悪いこと言いくさるかい!」

いきなり、横合から中風の女が林檎の皮を投げた。

午後三時の回診がすむと、白い前掛で厳重に体を包んだ医師たちが煙草の烟を吹き流しながら死亡室の方へ行った。教授の二名のほか、あとの三名は旅順医大の、私も診察してもらったことのある学生だった。

解剖のある日が、いつもそうであるように皆憂鬱な顔をして起上らなかった。私は、夫からの手紙を受取った。

「どうして来ないのかと思って待っていたら今朝の新聞に、お前がお産をしたことが出ていたと看守にきいた。子供は俺に似ているか。足の指は普通か」

足の指は普通かという文句が、朝から感情の昂っている私を泣かさずにおかなかった。夫の足の拇指は、生れながらの畸形で小指のように細かった。この手紙も、やはり、夫の監獄でのある生活を私に伝えずにはおかない。私は、囚えられている夫の生活の中で外においてある妻と、生れた子供の事が第一義であることに憤り、またすがりつきたいような堪えがたいなつかしみを感じた。

夕方恐しい下痢が子供に起った。緑青のような粒をまぜた水の大便が、ひっきりなしに襁褓《おむつ》を汚す。夕食のおりには、口からも黒いものを吐いた。私は起き上って襁褓を調べ、熱をはかるために乳房を唇に押つけしたが、疲れ切って子供の方へ背を向けて目をつぶった。乳房を唇へ持って行くといやがって首を振る、熱にうかされた様子が、あまりにもまざまざと私の恐れていたことを示しているのだ。赤い葡萄色の薬を乳にごまかして呑ませようとしたが、乳をさえ呑まないのに、苦い薬を呑むはずがない。口のまわりに皺をよせて吐きだしたあとは、咽喉がただれた。煩く来診をたのむと、看護婦は面倒くさそうな顔をして襁褓をかかえて子供を二階に連れて行った。夜中私は二階の音に耳をすまして夜を明かした。十二時過ぎまでは、看護室の蔭にある有料患者の、病人とは思えないほど息のつづく流行唄の声が聞えたが、更けてくると、巡回の看護婦の足音さえ聞えない。私は下へ降りてくる看護婦の足音を待ちながら夜をあかしてしまった。

夜があけ放れた時に、見習看護師がにこにこして私の寝台の傍にやってきた。その笑い方に、ぴったりと結びつく私の直覚があった。

「ほんとお気の毒、ちょうど四時の時になくなったのよ」

「そうですか」

私は、相手のひそめた声に被せるように、何でもなさそうに、平気な声で答えた。事実、私にはそれ以上の感情は起っていないのだ。

「顔を見たいでしょう、だけど、歩けなくって困ったわね」

「いいえ、見ますまい」

これきり、私は、彼女が微笑を含みながら、何を言っても答えなかった。有料患者の男たちとふざけるのが一日の仕事になっている看護婦たちが、どれほどの手をつくしてくれたか、そんなことは、考えるまでもないことだ。

私は二階の看護婦たちがふざけている診察室に、脚気の乳で、膿を持ったようにふくれてねむっている丈の短い小児の図を描いてみる。目をつむっていると、夢と現《うつつ》の間を行き来している気持だ。

ただ、旗のような一枚の布がひらひらと動いているのが暗い中に見える気がするだけで、感覚は死んでいる。私は不幸であろうか。

死骸が死亡室へ運ばれたと知らしてくると動ける娼妓あがりが香を買って私の代りに行ってくれると言い

だした。私はすなおにたのんだ。こうしてねていると、子供の顔を思いだす代りに死亡室の水道の水の音がとろとろと聞えてくる。もう解剖が始まる時刻だ。

　人工栄養の金がなかったために、みすみす脚気の乳をのませて、そのために乳児脚気で死んだと、解剖の結果は証明されるであろう。そしてますます「脚気の乳を警戒せよ、母親が脚気の時には、子供は、乳母または、人工栄養をもって育てざるべからず」ということが医学界に証明されるであろう。しかしながら彼らは、人工栄養の金を持たない種類の人間はどうすべきであるかという結論までを、あの可憐な私の子供の死骸の解剖から導きだすことはできまい。——

　翌日私は検察官に電話をかけてもらって入獄の手続をすました。夜は植民地には珍しい土砂降りの雨だった、電力節約のために八時から消燈した表玄関で二人の巡査の佩剣《はいけん》が光った。私は支那人の俥屋にたすけられて俥にのった。行く手は李家屯《リーチャトン》の旅順監獄分監だ。郊外の昇り坂へ出ると目つぶしに向ってくる風にさからって俥が動揺した。俥が動くたびにはるかな行く手に見える真赤な灯が幌《ほろ》のセルロイドの窓に点滅した。監獄の表門だ。

『施療室にて』

解題

初出は『文藝戦線』一九二七年九月号、初収は一九二八年九月に文藝戦線社より刊行された同名短篇集。なお『文藝戦線』は、プロレタリア文学運動成立の契機となった『種蒔く人』(一九二一年創刊)の後を受けて創刊された雑誌である。作者の実体験を材料とした初期代表作で、同時代のプロレタリア作家である黒島伝治は平林作品に「平林特有の肉感」を見出し、「身体で書いてゐる」と評した(『文藝戦線』一九二八年一一月)。また主人公が闘うことなく牛乳を諦める展開は論点の一つとされてきた。壷井繁治はそれを批判し(『新日本文学』一九五二年五月)、駒尺喜美はそこに「深いニヒリズム」を見る(『国文学 解釈と教材の研究』一九六八年四月)。近年の研究では、夫や子供への愛と運動家としての信念との間の葛藤を経て、主人公が入獄の覚悟と運動への決意を固めるという展開に、階級闘争とフェミニズム的闘争との交差を見るものが多い。本文は、『平林たい子全集1』(一九七九年、潮出版社)に拠る。

作者紹介

平林たい子(一九〇五年~一九七二年)。長野県生まれ。諏訪高等女学校在学中から文学に親しみ、卒業後上京、アナキストグループに近づく。関東大震災後に検挙され、朝鮮、満洲を放浪。施療病院で出産するが子供は死亡。帰国後、文藝戦線同人の小堀甚二と結婚。この頃アナキズムからマルキシズムへ移行。『文藝戦線』脱退後はどの団体にも属さずにプロレタリア作家として活動を続けた。『殴る』(一九二九年)、『かういふ女』(一九四七年)などの短篇集、長編自伝小説『砂漠の花』(一九五七年)などがある。

疎林への道

小島信夫

加納眞一さん、あなたは新しい奥さんと午前中の子供のいない時によく家から逃出すように雑木林へ散歩に出かけますね。これで三度目ですね。

「大きな声をしないで」

あなたはそう囁やきながら、家の前の露地を小走りに走るようにして大通りまで出ますね。そこまで来ると、奥さんはあなたに寄り添うようにしてもたれかかりますね。

「あの露地で楽しそうにしてはいけないのだよ。あの露地には、垣根の中から眼が光つているのだ。あの露地には僕の一家の歴史があるしなあ。あの露地の先にある坂の階段の一つ一つは、あれは亡くなつた家内が置かせたものだからな。それをみんなまわりの家の人はおぼえているのだ。あれで大喧嘩したのだからな。あの階段を作つたのは、前の家内だつた。階段をありがたがらないものはないのだが、独断で作つたといつていたもんがあつたのだ。あの時は家内に反対で、この露地にみんな集まつて評定していたのだよ。そら、さつききみが歎声をもらしたあのあたりだよ、そらあそこだよ」

加納さん、あなたそうしてまた露地の方をふりかえり、指さしたりしますね。

彼女は分つた、分つたといくつも頷いてそれからあなたから暫らく離れて歩きだしますね。

「よくここを自転車に乗つて買物に出かけたものだよ。ほら、あそこの八百屋ね。あの八百屋は、あの頃僕がどうして買物にくるのか、といつも思つていたのだよ。僕はあの八百屋で主人とかみさんの両方に機嫌をとつていたものだ。どうしてそうだつたのかなあ。みんなに助けを求めていたのだな。助けて貰うために、相手を聖人にしなければならないだろう。相手を聖人にするためには、こつちがそう仕向けなきやならんのでね。

それから、ほら、今車が走つているあの通りの肉屋へもよく行つた。あそこはどうして店をたたんでしまつたのだろう。いつもうつむいてカツをあげているかみさんがいてね。僕は奥の方に主人がいるかどうかいつも考えていた。かみさんがカツをあげている間いちども主人の姿を見たことがない。奥には子供が二人いて、ときどき泣きわめいて母親を呼んだりしていた。そうするとカツをあげていたかみさんは額にタテ皺を二つよせてね。そうすると僕はいてもたつてもいられなくて、奥へあやしに行つたことがある。自分の子供にやるつもりで買つたチョコレートを半ズボンのポケットから出して、これをあげるから静かにするのだよ、もうすぐお母さんが来てくれるからね、といつた。カツをあげていた彼女はカツを箸でつまみあげた拍子にコンクリートの床《ゆか》の上へ落してしまつてね。その代金は僕が払うから、というと彼女は真赤になつて、それから僕と彼女は二人とも途方にくれたりしてね。あれはけつきよく、みんなきみを求めていたのだな」

「いいえ、それは病院にいる奥さんを求めていたのよ」

「しかし、けつきよくは……」

「早くあのいつもの林に行こう、行こうよ、早く」

加納さん、あなたはいつてみれば家の中で姦通しているみたいなもんですよ。

あなたはあなたの部屋へベッドを二つ持ちこんできましたね。その一つには前の奥さんが寝ていたもんでしたね。スプリングの強い寝心地のいいのを、前の奥さんにあてがいましたね。あれは以前あなたが彼女に、これがいいよ。この方が楽だよ、身体のためにいいよ、といつていたものですね。あなたは新しい奥さんと二人でデパートへ出かけて今までになかつたような明るい色のカバーを買つてきてベッドにかけましたね。それから前の奥さんの写真をかくして、自分達の並んでいる写真を飾りましたね。あの部屋へ人を通してみせますね。あれは何か姦通しているみたいに見えますよ。きみなら、どうする、というのだ。あれは子供たちと合議の上でしたことなのだ。しかし、あなたの顔はゆるみ過ぎていましたよ。

僕の顔がゆるんだのは、そのせいじゃない。ただおかしかつたのだ。

加納さん、あなたの新しい奥さんはあなたに惚れたつもりでいますね。あなたに惚れたつもりでいないと、こわいですからね。

「あなた」

と新しい奥さんは畠の中の小路の中をあなたの手をとつて歩きながらいいますね。

「あなた、このあたり、ズイブンごみごみと家を建てるのね」

「それは土地がないのだから仕方がないよ」

「でも、カーテンだつて、悪趣味よ」

「そういつちやいけない。そういうことをいうものじやない。あのカーテンは安いからだよ。安いものはどうしたつて悪趣味のものが多いのだよ。あれはあれで、一所懸命なんだよ。ひとのことに嘴を入れるのは、よくない」

「ええ」

「何も泣くことはないさ」

あなたは新しい奥さんをチラッと見る。

「さあ、ハンカチでふくのだ。誰も見ていないからつて、涙を流しつぱなしにしとくものじやない」

「もういい、あなたには分らない」

「分つている。分りすぎるくらい分つている。何もかもきみのことは分つている。さつきから何を考えているかもずつと分つているから分つているからいうのだ」

「もういい。私はだんだん不幸になるわ。せつかくあの林に向つて歩きながら、この道の途中でこんなに不幸になる。胸ぐらから不幸のかたまりをつかみだして、放り出したいくらいよ」

「きみと僕とは家の中では争うことが出来ないのだよ。争うということはいいことだよ。それに争うということは、僕がきみの夫になり、きみが僕の妻になつているということじやないか。何も悲しむことは、一つもありはしない。涙をふきなさい」

「私もだんだん前の方《かた》みたいになる」

加納さん、あなた大丈夫ですか。こんなことといわせて大丈夫ですか。あなたの「前の方」とおなじ眼にあわせるのじやないですか。あなたは今の奥さんに逐一話しているのですよ。

「その心配はいらないよ。そういうことは出来ないと、さつきいつたばかりじやないか。あの露地一つがそうだ」

「だから、だからよ。だから」

加納さん、そういうとき、あなたはいつも待つていますね、二人の女に同じものがあるのか、それとも違うものがあるのか、とさぐるように待つていますね。

「だからこそ、こうして外へ出てくるのじやないのか！」

「くるのじやないのか！」というい方は、吐き出すようなダダをこねるようないい方ですね。

だつてお母さん、だから私こうして外へ出ているのじやないのか！　とダダをこねるようないい方だね。

早くなだめないといけないですよ、加納さん。あなたは何もかも失つてしまいますよ。

「そうだ、だからこそ外へ出てくるのだ。それでは本当はいけないのだよ。きみは外へ出てきてはいけないのだよ。あの家の中で、早くきみの歴史を作つて、一日を三日にも一週間にもして、追いつかないといけないのだよ。じつと辛抱するのだよ。みんな辛抱してきたのだからな。子供も辛抱してきたんだからな」

「前の方もでしよ。私だつて病気になれば辛抱するわよ。そうするより仕方がないじやないか」

「僕のいうのはそうじやないんですよ」

加納さん、こんな道にも自動車がやつてくる。畠の中の小径から通りへ出たのだね。そこに一軒の家がある。ついこの間まで垣根にバラの花が咲いていた。いつか夜ひとりで通つたとき、車の音をきいてその妻らしい女と娘とが走つて出てきた。その家の部屋の間取りはどうなつているのだろう。この家は大丈夫なのだろうか。この暑い日に汗をふきながら、あなたは考えこみますね。

「あの車は何かな」

「セドリックよ」

「何キロぐらい走つたのかな」

「さあ？」

「一万キロかな」

「私、そんなこと、ひとの家のことなんかどうでもいい。細かいこと考えるの、いやよ」

車が土煙をあげて走つて行つたあと、歩きはじめると、あなたはこう口を切るのですね。

「恵美子、きみの昔のアルバムを見たらきみはきみの夫の肩に手をおいて、二人で笑つてうつつていたね。あれと同じ恰好をして、僕の肩に手をおいて写真にうつつていたね。寝室にある写真はそうなつているね。あのアルバムにはうつした場所が、一つ一つきみの字で書いてあつたね。今日はパパごきげん、ママもごきげん、久しぶりでダンスをしてきた、とかね」

「あなたにアルバムはなかつただけじやない。あなただつて若いときからいつしよにうつつた写真が何枚もあるじやない。ただ、あなた照れていらつしやるけど。その照れた顔とおんなじ顔をして、私とうつつていたわけよ」

「いつたい、僕は何をいうつもりだつたのかな」

加納さん、あなたは、相好をくずしながら、ツネられたためにとびあがるようにして道端によける。

「これできみは三度めだ」

「いやよ！」

どこで、この女は男をツネることをおぼえたのだろうか。そう考えながら、まだあなたは笑つている。

この女は今、子供たちのことをすつかり忘れている。なるほど時々は忘れさせないと、この女は駄目になる。加納さん、そう、そういうふうにあなたは思うのですよ。加納さんあなたが新しい奥さんを迎えたとき、あなたは、朝から庭の草をむしり、それが終ると、露地の草をむしりはじめましたね。あのときあなたは一所懸命で、まるで草をおがむようだつたですね。道を通る人に笑いかけ、知つている人がくると立ちあがつてお辞儀をし、それからまたうずくまつて草をむしりましたね。四十八になるあなたは、二十分もかがみこんでいると、立ちあがるとき膝に手をつかないと立ちあがれなかつたですね。やつと時間をかけて立ちあがると、腰を叩きましたね。老人のように腰を叩くと、つまりあなたは、ちやんとした老人ですからね。ほんとうに腰が伸びるので、びつくりした顔をしましたね。

「若い妻を迎えるものだから、きれいにしなくちやね」

あなたは口の中で呟いていましたね。

「今度くる人は、最初僕が気に入り、それから子供が気に入り、それで僕もほんとうに気に入つたと思いましたよ。一家あげて好きになつたのですから、僕は迎えるのですよ、彼女はもうすぐ、荷物を積んだトラックに乗つてここへやつてくるのですよ。積込みは一家をあげてやつたのですが、荷物を大分よそへおいてくるので僕がさきに来てもう四時間も待つているのですよ。私、乱暴よ、というので見ているとほんとうに取扱いが乱暴で、アパートの階段からタンスを僕の上に落すようにしましたよ。きみは乱暴でなくて、アメリカの女のように活潑なのだよ、と僕はいつたのですよ。そう、アメリカのウエイトレスはドラッグ・ストアのカウンターで、受皿を先ず放り出すようにするんですよ。それからコーヒーを大きな音を立ててカップの中に注ぎこむと、受皿の上にガチャンとおいて、それからカウンターの上をこつちへ向つてすべらせるのですね。まあ、そういつたぐあいなんですよ。私はこんどお宅へ行つたら、出て行くわけには行きませんよ。私は荷物を整理して行くんですから。動く度に整理し、整理してきたんですから、もうこんどはほんとに、まる裸なのよ。いいですね。それを誓つて下さるわね。とこういつたんですよ」

加納さん、あなたはこう呟いていましたよ。新しい奥さんは、トラックに乗つてやつてきましたね。そして塵とりと、色物の端切れで作つたはたきとをもつて降りてきて、

「ここよ、この家なの」

とトラックの運転手にいつているのを、ニコニコと笑つて見ていましたね。加納さん、あなたはそばへよつて行き、サンダルをはいて運転手に荷物のおく位置を指示している、新しい妻に向つて、

「後光がさすようだよ」

といいましたね。加納さん、あなたは、あんなことをいつていいのですか。

「今日からもう家へくることが出来るのですね」

「私のこと？」

「そうですよ。あなたのことなんですが。来てくれるのですね」

「あなたつて、ずいぶんテイネイな言葉を使う方ですのね」

といつて彼女は笑いだしましたね。

「やつぱり二度めの人は落着きがあつて、もうこの家の主婦みたいですね」

「私、いそがしいんです。モチロン私は今日から泊めていただきますわよ、だつてほかに行くところがないんですもの。アパートは明け渡したし、荷物はみんな持つてきたし、たつたこれだけだけど、重複するものはどんどん、よそへよけて整理します」

「それがいいですね、それがいいですね。大丈夫ですよ」

「何がですか」

「大丈夫、あなたはもう主婦ですよ。僕はうれしくてしようがないんですよ。こうやつて、もうあなたに尻尾をふつていますよ」

と呟いていました。

「奥さん、さあ運びますよ。だんな受けて下さいよ」

運転手が業を煮やすようにいいましたね。

加納さん、あなたの家のまわりには、少し行くと雑木林やら、竹林やら、植木がいつぱいある植木屋の畠がありますね。柳がかたまつて風にゆれながら生えている一画があると思うと、ささやかな葉ずれが、通り雨が駈けてくるときのようにきこえてくると、それが白樺なんですね。十五、六の少女のような白樺なんですね。

加納さん、白樺を見て、あなたが娘さんのことを思い出すのは、まあ当り前のことですよ。

あなた方はとうとう疎林へやつてきましたね。

「ねえ、あなた」

「ああ」

「あれは、檜？　それとも杉」

栗の木の交つた林が左手にある。右手に神社があつて一群の高い木立が山の中から切りとつてきて、はりつけたみたいになつていますね。

「どうして、きみはそう何でもきくんだい。そばへ行つて見たら、すぐ分ることだよ。葉がちがうんだよ。それに幹だつて違うさ」

「それじや、いつたいどつちなの。ねえ教えてよ」

「そうだな、あれはね」

「あれは檜よ。ただきいてみたかつただけのことよ。あなたもやつぱり普通の男の人ね。若い人とおんなじことだわ。女つてどうして教えてもらいたいのかな。ああ、つくづくいやになりそうよ。分つているのよ。あなたは家を離れれば離れるほど、家の中のことを考えているのよ」

「そんなことはない。心配することはないんだよ」

「私がいえば、あなたは、そうじやないというのよ」

「さあ、今日は惠美と何の話をするかな。惠美は何の話をしたがつているのかな」

加納さん、あなた方二人は雑木林の中へ入つて行きますね。彼女はもう浮き浮きしている。あなたは神社の境内に猫のような犬が一匹つながれていて、いつものように吠えはじめる声をきく。なぜ早く抱いてやらないのですか。

「遠くの方のあの家の庭に人が出ているね。あれは七十くらいのお婆さんだね。鶏を追つている。放し飼いの鶏を見たのは最近はじめてだ。あの鶏の卵は黄身の色がこいかもしれない。ああいう卵を買うべきだね。僕ら子供の頃には、よくサツマイモを盗みに行つた。あそこのイモ畠のイモを帰りに掘つて行くかな。野菜は高い高い、というが、今きた道にはニラがはみ出していたね。あれを帰りに抜いて行くかな。キャベツもあるし、茄子もきゆうりもあるし、トマトもある。八百屋へ行くかわりに、きみはこの畠へ黙つて貰いにくるといいよ」

加納さん、もつと強くゆつくり抱いてやりなさい。あなたはどうして坐らせないのですか。ハンカチでもしいてやりなさい。

「こんど秋になつたら、栗をとりにくるといいよ」

「だめよ。私子供のとき、田舎へ遊びに行つて、栗を拾つただけで後手にしばられた男の子を見たことあつてよ」

「後手にしばられるべきだね。五十に手の届く親父がそんなことをしたらね」

「私だつて、そう若くないのよ」

「それはそうさ。子供じやない」

と、あなたはいいそうになつてやめる。

「ねえあの犬のことなのよ」

「犬つて」

「うちへ迷いこんできた白い犬のことなのよ」

「ああ、あの白い犬」

「あの犬、私なんだか、いやよ」

「うちの犬のそばにいついて離れないのだから、仕方がないじやないか。あの犬は近所へ荒しに行くものだから、隣りから苦情がきて、ちやんとつないで飼つてくれといわれたんだろう。それであなたが、あれはうちのじやないといつたら、私はお宅のか、と思いました。それなら保健所に言つて連れにきてもらつたらといわれたんだろう。それであなたは可哀想だから家で飼うことにしますつて、ちやんと強くいいきつて飼つているんじやないか」

「あの隣りの人、いくつ?」

「いくつつて僕とおなじくらいさ」

「私、あの人、何だか、こわい」

「こわい?」

「あなたの前の方みたいな気がするの」

「前の方?」

「だつて、うちの直子ちやんを大人にしたみたいなんだもの。叱られてるみたいよ」

「つきあわなければいい。直子はあれはいい子だ」

「直子ちやんはいい人よ。あの人がこわかつただけよ」

「こわいのにどうして露地で大きなうれしそうな声を出したりするんだ」

「だつて」

加納さん、あなたの新しい奥さんは、あなたといつしよにいるところを見せたいんですよ。こわかつた仕返しをしているんじやありませんか。誰になのか? 誰にですつて、加納さんそれや、その隣りの女の人にですよ。

加納さん、あの白い犬は、まだ若い犬ですね。骨太で、ちようど、アラビアのローレンスになつた肩をあげて歩く、俳優のようなかんじですね。アングロ・サクソンにはよくああいうのがいますよ。痩せてガツガツしている。ある日、どこからかデコボコの、黄色いところのいっぱいある古い鍋をくわえて、引越をするようにやってきましたね。修理したあとがありましたね。あなたのうちの赤毛の雑種の犬はヒゲも眉毛も白くなった年寄りだから、忽ち仲よくなった。白いのがじゃれついてくると、それを適当に受けとめていました。うるさくなると、めんどくさそうに吠える。それをあなたはガラス戸越しに前の奥さんがベッドから見ていたように見ている。やがてあなたはとうとう鎖につないで樹から樹へ渡した針金につないでやった。二匹の犬がじゃれてるうちに二つの鎖がからみついて、とるのに一苦労でしたね。それが夜になると首輪をすりぬけて彷徨するのでしたね。

「かみつきかかった、といって、下の家の奥さんがやってきたの。眼のつりあがった奥さんよ。保健所で殺してもらいなさいっていうのよ。ねえ、あなた。私の方から抱いてとはいえないわ。だからあなたがもっと」

「きみは、年が違うから僕にならなら甘えられるといったじゃないか」

「あなたが堅い顔をすると、おんなじだもの、私逃げだしたくなるし、にげて行くところがないしさ」

「その犬の話の続きをしよう」

「私は愛犬擁護会へ連れて行こうと思うの」

「そうだね」

「それとも保健所で殺して貰う？」

「やっぱり殺すことにしよう」

「どうして」

「あの犬を連れて行くのはたいへんなことだ」

「あなたがそうしろ、というのなら、それで、私はいいの。そうするより仕方がないんですもの」

「惠美子、泣くことはないですよ」

加納さん、あなたは早くこの人に子供を産ませなさい。この人が子供をうみたくないといっても、それはいうなりになっては駄目ですよ。人間には二ついいことはないのですよ。この人は、あなたに嫌われることをおそれているから、あなたにだけすがりつこうとする。二度と惨めになりたくないからあせっているのですよ。しかし、それはただの夢でしょうね。

「それからもう一つお話しあるの」

「まだあるのかい。この前のあの話かい。僕が死んだあとのことかい。そうなんだね」

「ちがう」

加納さん、夜の寝室でのあなたの顔や声は駄目ですよ。あれは駄目ですよ。あなたは、あなたの子供の顔や声になるから、駄目ですよ。待ちかまえていますからね。ただあなたの妻になつて話をしたいのですよ。それが出来ないようにあなたはしむけるでしよ。

「うちの崖下の家の奥さんがだんなさまと二人でやつてきたの。奥さんはお面をかぶつたような顔をして私を見るの。眼も動かさないの。御主人はブルブルふるえているの。私、何でございますか、どうなさいましたか、とわざといつてやつたの。只今主人は不在でございますけど、私が代つてお伺いしておきますけど、といつてやつたの。私そのとき、家の外へとび出して逃げて行きたかつたけど、行くところないでしよ。アパートを明け渡してきたし、ここへ着物を置いて行つたら、私あしたからどうして暮していいか分らないもの。身よりもないしさ。私のことを思つてくれる、たつたひとりの母もいないしさ、それであなた、私」

加納さん、そこであなたは寄り添つてくるあなたの新しい奥さんを、ちやんと受けとめておやりなさい。逃げてはいけない。

疎林の前の道を一台の車がバリバリと砂利をはねとばして通つて行きましたね。これはさつきの自動車かもしれませんねえ加納さん。よくこのあたりでは、おんなじ車に何度も会いますからね。ぜんぜん違う道をあなた方も通つてきたのに、何かの拍子で、またバッタリ出会いますからね。いつそのこともまた、あの車がもどつて行く家のこと、その家の奥さんのこと、その子供のことを考えなさい。それで気がすむなら、そうしなさい。どうして加納さん、あなたは自分の家のことを考えているかと思うと、とつぜんにひとの家のことを考えはじめ、そうして拡つて行つてしまうのですか。新しい奥さんをもらつて、貫禄がついて、そうして、よけいにあなたは、拡つてしまつたのですね。

「あの主人のことなら、よく知つている。足の指が蛇の頭みたいにふくれた男だ。割に足が大きい。手も大きい。崖のことで前に話しあつたきりになつている。もう三年も話していない。道で会つてもこつちを見ない。おこつたような顔をして通り過ぎて行く。通夜のときにきてくれたときは、和かな顔していた。僕はいつも話しかけよう、話しかけようとしてきたのだつたのだ」

「どうして崖の土どめをする前に結婚したのかつて」

「それできみはどういつたの」

「私はそのことについては、ぜんぜん知りません、とこたえたわ。あの人、前の方とあそこの露地で、喧嘩をしたんですつてね。そんなことムキになつて喧嘩する人だつたの」

「家のことが気になり、病気だつたのだ」

「私だつて病気になるわよ。ねえ、病気になるとき、どういうふうになるのよ。教えて」

「自分で想像するのだよ、恵美子、崖のことは心配することはないんだ。あれは容易にくずれないのだ」

「あの人たちは、きつと不和だと思うわよ。昨夜、大喧嘩して、家を出るの、出ないのつて騒いだんですつてよ」

「そうか」

「それは私の想像だけど、きつとそうよ。私はやつぱり土どめは何とかしなくつちやいけないと思うわ。私だつて病気になるわよ。大雨が降つたら、どういうことになるのよ。家の下の土が流れ出したら、うちも倒れるけれども、下の家は土の下になつてしまうじゃない、それを思うと、いても立つてもいられないわ。ああ、どうしたらいいかしら。あの男の人のおこつた顔は、崖の下に押しつぶされる、押しつぶされると考えつづけ、もうガマンがならない、と思つたアゲクのことなのよ。私だつてああいう顔になるわよ。そして前の方みたいになつて死んでしまうかもしれないのよ。そうでなくとも、あなたが死んだら、あとは、ほんとにどうなるのよ。そのときのことをちやんとして下さい、と私はいつているのに、あなたはそういうことをいわなくならなければ駄目だ、というばかりでしよ。あなたと私とは、けつきよく、さあとなると、さつぱり話しあいが出来ないのよ」

「恵美子、今にそういわなくなる。前の場合とおんなじようになるのだよ」

「逆よ」

「そうか。逆かもしれない」

「逆よ」

「そうかもしれない。きつと、そうだろう」

加納さん、そういつてはいけませんよ。さあもう少し頑張りなさい。そうでないと、またおなじことになりますよ。先方のいうことを通していると、あなたはこんどは、どこかで自分でも分らずにとりもどしますよ。あんまり早くいうなりになつてはいけませんよ。あなたは、いうなりになることになれてしまいますよ。

加納さん、あなたの新しい奥さんは何しにわざわざこの林へやつてきたのですか、けつきよくあなたと睦言をかわすつもりじやなかつたのですか。あなたは、もつとほかのいいかたをしなければならなかつたのではありませんか。

「あなた」

加納さん彼女が呼んでいますよ。

「ほんとうに私が好きなんですか」

「なに」

「私が好きなんですか、というのよ」

そういうことをきく女性の状態は危険だと、今あなたは思つているでしよう。それは、あるいはそうかもしれませんよ。さあ、早くこたえなさい。

「恵美子、きみはそういうことを、僕にきかないようにしなくつちやいけないよ。そういうことは一口にいえないし、複雑なんだから。僕がきみを好きだ、というときに、家ぜんたいのことを考えたうえのことなんだからね。五十近い世帯もちの男が、自分の妻に向つて、好きだ、好きだ、とはいえやしない。きらいだつたら、いつしよに住むわけには行かないじやないか」

「ああ、どうして私、そんなことをきくんだろう。惨めつたらありやしない」

「惨めと思つちやいけないんだ」

「でも、あなた、私にそういうこといわせなくなつたら、もう私は終りなのよ。私は前の夫と別れるとき、そういうことを一切いわなくなつたんだから。私はそのくりかえしが、こわいのよ。ああ、どうしてこうなんだろう。私をこうさせたものは何だろう。ああ頭がいたい。吐きそうなのよ」

「ほんとに吐きそうかい、どれ」

「私だつて、家のことは考えているのよ。でもあなたみたいに、家、家というと、私は……今だつてこれからもどつて行けば、あそこの露地で近所の女の人たちが噂をしていることは分つているのよ。私はそういうときに、どうして通つて行つたらいいと思うの？　あなたが私を好き好きで仕方がなくて、だから私も好き好きで仕方がない、というふりをしてやるのよ。そうでなかつたら、私が他人の作つた家へやつてくることが出来て？」

加納さん、あなたは、ニヤニヤ笑つていますね。あなたは、もう忘れていますね。新しい奥さんが、前の奥さんの服を着ているのさえ忘れていますね。何か、そういつたことが当り前のことのように思つてしまつていますね。

加納さん、ほら、神社の猫のような犬が縄をひきずつて、こつちへやつてきましたよ、今、道からこの疎林をのぞいていますよ。あれは吠える気はないのです。加納さん、いつかあなたは、そう、前の奥さんを病院に見舞いに行くときでした。黒い小犬が、街道の真中であなたの乗つたタクシーの前に尻尾をふつて、どうしようか、というふうに佇むというかんじでいましたね。あのとき、あのタクシーの運転手は、やれ、やれ、この忙がしいのに、といいながら、後ろの車に向つて手をふり、それからワン、ワンと後ろの車にきこえるようにいつて、小犬のそばへより、抱きあげると、舗道まで連れて行つて、よいしよ、というふうにおろしましたね。あのときラッシュの時で車はあとへ続き、みんな窓からのぞいて、なあんだ小犬か、といつて笑つていましたね。加納さん、あなたはきいていないのですか。あの小犬はそのあとでまたノコノコと出てきましたね。それでけつきよく轢かれたのかも分りませんね。

「ああ、家で待つてるわ、早く帰らなくつちや」

加納さん、奥さんを抱いてやりなさい。

「ねえ、恵美、きみは夜、ときどきおいてきたきみの子供のことを思つて泣いているのを、僕は知つているんだよ。きみは僕の子供たちのことが気になつて寝台の上でも、何かしらいつも裸かになつて子供たちに見られているようだというけれども、僕は僕できみの子供のことをいつも考えているんだよ。きみの子供を連れてくるにはどうしたらいいか、考えているんだよ。きみがお母さんに甘えるように僕に甘えかかるときに、いつも」

「早く帰らなくちや。崖のことも気になるし、家の中でしなくちやならないこと、いつぱいあるわ。あなたは最初のうちは、何から何までして下さつたけど、今では、それはお前がするのだ。お前が工夫してやるのだ、というんですもの。まるで若い男の人が若い女の人にするようなことを考えているんですもの。そうして意地悪く、新聞なんか読んで、私のことをいつも頭のすみで考えているんですもの。私にはすること沢山あるわ。私は妻でなくて、主婦ですもの。あなたの思つていらつしやるとおり、そうなんですもの。私が楽しそうに歌をうたい出すと、かま首をもたげて、こつちを見るんですもの。私がああ、夕焼がきれいね、というと、あなたは、それはお前の夕焼じやないじやないかという顔するんですもの」

加納さん、早く奥さんを抱いてやりなさい。いやいや、あなたは帰りみち、家の前の露地の坂道で、あなたの手を握つている彼女の手を急にもぎ離したりして、その拍子に奥さんを倒したりするかもしれませんね。それにしても、あなたは、どうして彼女の子供のことを口にするのですか。

「惠美子、泣くことはないよ。さあ帰ろう」

解題 『疎林への道』

『群像』一九六六年一月号初出。短編集『階段のあがりはな』（一九七〇年五月、新潮社）に初収。本文は、初出に拠る。「加納眞一さん、あなたは新しい奥さんと午前中の子供のいない時によく家から逃出すように雑木林へ散歩に出かけますね」という冒頭の一文が示すように、本作は、「あなた」に呼びかけられる二人称小説である。時代や場所が明示されていないが、読み進むにつれ、夫婦がいずれも再婚であり、最初の結婚で子供をもうけていることが見えてくる。山本健吉は、「『抱擁家族』の後日譚」と受け止め、「再婚家庭の夫妻の必死のあがきを越えた修羅道が小品ながら如実に描かれている」（「文芸時評（下）」『読売新聞』一九六五年十二月二十二日夕刊）と評価した。「庭」のある自家から「垣根」で隔てられた隣家と接した「露地」を通って、近くの「雑木林」＝「疎林」へと二人は歩く。郊外の新興住宅地と思しい場所で展開する「主婦」をめぐるやり取りからは、家族観の時代相がうかがえる。

作者紹介

小島信夫（一九一五年〜二〇〇六年）。岐阜県出身、東京大学文学部在学中に同人誌活動を行う。軍隊経験を経て敗戦後『アメリカン・スクール』（一九五五年）で芥川賞を受賞。私的な領域に関心を注ぐ「第三の新人」の一人に位置づけられている。代表作に妻のアメリカ人青年との関係発覚から始まる家族の動揺を描いた『抱擁家族』（一九六五年）、『抱擁家族』以後の経験を前衛的な手法を駆使して言語化した『別れる理由』（一九八一年完結）がある。

水滴

目取真俊

　徳正《とくしょう》の右足が突然膨れ出したのは、六月の半ば、空梅雨の暑い日差しを避けて、裏座敷の簡易ベッドで昼寝をしている時だった。五時を過ぎて少しは凌ぎやすくなっており、良い気持ちで寝ていたのだが、右足に熱っぽさを覚えて目が覚めた。見ると、膝から下が腿より太く寸胴《ずんどう》に膨れている。あわてて起きようとしたが、体の自由がきかず、声も出せない。ぬるりとした汗が首筋を流れた。脳溢血でも起こしたのか、と思ったが、頭に違和感はなく、意識もはっきりしている。天井を見つめて思案している間にも、足はどんどん膨れていき、すべすべと張りつめた皮膚に蟻の這うようなむず痒さが走る。掻こうにも指先一つ動かすことができず、胸の内で悪態をついていると、半時間ほどして妻のウシが起こしにきた。陽もやわらぎ始めたので畑仕事に出ようと呼びにきたのだった。

　すでに中位の冬瓜《すぶい》ほどにも成長した右足は生っ白い緑色をしていて、ハブの親子が頭を並べたような指が扇形に広がっている。まばらな脛毛《すねげ》が卑猥な感じだった。

「ええ、おじい、時間ど。起《う》きみ候れ《そーり》」

　肩を揺すると枕から頭が落ち、空ろに開いた目と口から涙とよだれが垂れ落ちた。

「あね、早《へー》く起《う》きらんな」

　いつものように仕事を怠けようと寝たふりしていると思い、鼻をつまむというより、もぎ取るような勢いでひねりあげたが、何の反応もない。不審に思って全身を見渡したウシは、それまで近所の誰かが置いていってくれた冬瓜とばかり思っていたものが、徳正の右足だと気づいた。

「呆気《あっき》さみよう！　此《く》の足《ひさ》や何《ぬー》やが？」

　恐る恐る触ってみると、少し熱っぽいが、しっかりとした固さがあった。

「はあ、この怠け者《ふゆなー》が、この忙しい時期に異風な病気なりくさって」

畑の草取りから山羊の餌の草刈りまで、一人でやらないといけないと知って腹が立ち、こんな変な病気になるのも、歌、三線《さんしん》、博打《ばくち》に女遊びと好き勝手にやっているからやさ、と脛のあたりを思い切り張った。徳正は目をむいて気を失ったが、パチーンという小気味よい音が響くと同時に、膨らんだ足の親指の先が小さく破れて、勢いよく水が噴き出した。ウシはあわてて足先をベッドの横に出し、踵《かかと》から垂れ落ちる水を水差しに受けた。最初の勢いは衰えたが、間断なく落ちる液体はどうみても水だった。

「珍《みじら》しい事《くと》もあるものやさ」

親指の皮の破れ目から盛り上がっては滴り落ちる水の玉を見ていたウシは、ふと好奇心に駆られて、そっと指先を濡らして舐めてみた。糸瓜《へちま》の水のような青くさく淡い甘味があった。血でも汗でも尿でも、人の体から出るものは辛いものやしが、と思いながら、ウシはゴム草履を突っかけて、診療所の医者を呼びにいった。

徳正の足の噂は、翌日の朝には村中に広がっていた。昼には見舞いにかこつけた見物人が門の前に列を作り、五十メートル程の長さになった。村に行列ができるのは、終戦直後の米軍の配給の時以来だったから、関心のなかった者も並ばずにはおれなくなった。最初は礼を言いながらお茶や菓子を出してたウシも、アイスクリン売りまで出るに及んで、

「何《ぬー》が、我《わ》っ達《たー》徳正や見せ物《みしむん》るやんな？」

と怒り出し、納屋から鉈《なた》を持ってきて振り回し始めた。「仕事もせん遊び人」と罵《ののし》ってばかりいても、ウシが徳正をどれだけ頼りにしているか知っている村人達は、ここで物言いしようものなら本気で切りつけられると一散に逃げ出した。

ウシが家の内に消えると、共同売店前のガジマルの木陰や公民館の軒下、クワディサーが枝を広げるゲートボール場横のベンチのあたりに自然と人が集まり、見舞いに行って実際に足を目にした者を中心に話がはずんだ。足の形や色艶、匂い、固いのか軟らかいのか、爪の変形の具合や過去に村で起こった局部肥大症の症

例の数々が話され、吉兆か凶兆か、という予想から、何日で腫れが引くかという賭けが始まる。村の財政に及ぼす経済効果に話が広がった頃から夕暮れの気配になって酒が入った。たちまち歌・三線《さんしん》が始まり、踊りに空手と盛り上がると、次の村会議員選挙を狙っている者が山羊を潰し、その対立候補と噂されている者が酒を買いに息子を走らせる。売り物にならなかったマンゴーやパインが皮を剝かれ、甘ったるい匂いが鯖缶やチギリイカの匂いに混じり、子供たちは爆竹を鳴らし、女達は山羊汁の鍋の火に顔をほてらせ、青年たちは浜に下りて潮の揺れに合わせて体を重ね、豚の肋骨をくわえた犬達が村中を走り回った。

「人の心配《しわ》は分からん痴れ者達《ふりむんたー》が」

窓から騒ぎをうかがっていたウシはこぶしで殴るふりをし、徳正が寝たままのベッドに戻って足を冷やす水を替えた。村の神事にもかならず参加し、祖先の供養も欠かしたことのない自分が、「何でこんな哀れをしないといけんかね」と嘆かずにはおれなかった。徳正は微熱があるくらいで脈にも異常はなく、軽くいびきをかいて気持ち良さそうに寝ている。右足はすでに一抱えはある大振の冬瓜《すぶい》くらいになっている。剃刀でちょんとやってみたい誘惑にも駆られたが、このまま意識が戻らないことを考えると、気の強いことでは村人の誰もが一目置くウシもさすがに不安になった。親指の先から漏れる水は、一秒置きくらいに規則正しく落ち続けている。ウシはベッドの下に置いたバケツを交換し、溜まった水を裏庭にぶちまけた。

診療所の医師は大城というまだ三十代半ばのやさ男で、人当たりもやわらかく老人連中に人気があった。大城は困惑した表情を隠せないまま血圧を測り、採血や触診を行なったが、病名を告げることはできなかった。街の大学病院に入院して精密検査を受けることを勧められたウシは反射的に、「ならんど」と叫んだ。「ダイガクビョーインに入ると最後だ」というゲートボール仲間の言葉を信じ込んでいるウシは、何度説得されても聞かなかった。踵から落ちる水を小瓶に入れてカバンにしまいながら大城は、明日にも精密検査を受けるようにとくり返し、定期的に回ってくることを約束して帰っていった。

子供の無いウシと徳正は、四十年近く農業をしながら二人きりで暮らしてきて、どちらかが欠ける生活など考えたこともなかった。命に別状はない、と無理にも思ったウシは、しばらく家で様子を見ることに決めて、騒がしい村の連中を追っ払うために納屋に鉈を取りに行った。


翌日から、大城は日に二回往診に来てくれた。合間には看護婦が点滴の交換や着替えの手伝いに来てくれたので、ウシは短時間ではあれ畑の様子を見にいくことができた。

「大学病院に勤めている友人に頼んでおいた検査の結果が出ましたよ」

と大城が言ってきたのは、徳正の足が腫れて四日目の午後だった。大城は縁側に座り、ウシの出した大根の黒糖漬けをこりこり食べながら、細かい数字の並んだ用紙を示した。

「要するに、ただの水ですね。少し石灰分が多いようですが」

ウシは、何でその水が足の先から出るのか訊ねた。

「さあ、それが不思議なんですよ」

人のよさそうな笑顔で言うのを、それが分からんで何のために医者をやってるか、とどやしつけてやりたい気持ちだったが我慢して、

「理由は分からんでもいいから早く止めてくれませんかね」

と頼んだ。そのためには大学病院に入院させるしかない、と大城はくり返した。「ダイガクビョーインでは年寄りの病人を実験材料にしている」と老人会の戦跡地巡りの観光バスの中で聞いていたウシは、「糞《くす》の役にも立たんさや」とつぶやいて、空になった皿を片付けた。大城は「はあ?」と聞いたが、ウシは笑って礼を言い、自分で治すしかないと心に決めた。

最初、ウシは徳正がフィラリアにかかったのかと思った。ウシが子供の頃までは、松の切り株のような足を引きずったり、褌《ふんどし》からはみ出した種豚のような睾《こう》丸《がん》をぶらつかせて歩いている者が村に何名かいた。中

でも村々を回って修理屋をしていた一輪車おじーは有名だった。石のように固くなった巨大な睾丸は南瓜のように少し平べったく、地面に座り込むとその上で鍋や釜、傘の修理から刃物研ぎまでこなし、その鮮やかな手際を見るのが村の子供たちの楽しみだった。仕事が終わるとおじーは、作業道具と一緒に大きな睾丸を一輪車に乗せて次の村に去っていく。破れた着物を着た小柄な後ろ姿を思い出して、ウシは懐かしさに目が潤んだ。徳正も足だけでなく睾丸まで腫れ出すのではないか、と心配したが、幸いその気配はなかった。元々毛の薄い方だったが、今では脛毛もすっかり抜け落ちて、産毛に包まれた足は色まで緑が濃くなり、形といい、手触りといい、ハブの頭のような指がなければ冬瓜《すぶい》そのものだった。水は相変わらず規則正しく落ち続けていた。

大城の友人という医者が三名、水の検査に訪ねてきたが、ウシは家にも上げずに追い返した。大城は特に気を悪くした様子も見せずに往診にきてくれた。ウシも何も言わず、大根の黒糖漬けを少し多目に出した。

徳正は熱も脈も安定し、軽いいびきを立てて眠る日が続いた。ウシは畑に出る時間を増やし、夜は大き目のバケツを用意して、今まで通り自分の部屋で寝るようにした。

ベッドの傍らに兵隊達が立つようになったのはその夜からだった。

寝たきりになった日からずっと徳正の意識は正常だった。眠っているように見えてもまわりの騒ぎは聞こえていたし、ウシと大城の会話も理解できた。しかし、言葉を発することはできず、身振りや眼差しでウシに合図を送ることもできなかった。自分は脳がバカになって半身不随になってるやさや、と悲しくなったが、そのうち治《のー》りるする、という持ち前の楽天的な気持ちもあって、訪ねてこないので腹を立てているであろう女達への詫び状を考えたりしながら時間を潰していた。

ウシが部屋に引き上げた後、まどろみに浸っていた徳正は、右の爪先にむず痒いような痛いような感覚を覚えて目が覚めた。点けっ放しになっている蛍光灯の光が眩《まぶ》しい。瞼が開き、首を傾けることができる。

「あい」と嗄《しやが》れた声まで出た。

「ウシ、ウシ」と呼んだが、隣まで届くほどは出せなかった。それでも嬉しさは抑えられず、頭をめぐらし部屋を眺めようとして、足元に並んで立っている数名の男達に気づいた。泥水に浸かったように濡れてぼろぼろになった軍服を着た男達は、皆、思いつめたようにうつむき、徳正の足元を見つめている。頭を起こして見ると、もう一人、足元にしゃがんでいる男がいた。五分刈りの頭の半分を変色した包帯で巻いた男は、徳正の右足首を両手で支え持ち、踵から滴り落ちる水を口に受けている。男の喉を鳴らす音が聞こえた。立っている男達が唾を飲み込む。

　男達は全部で五名だった。立っている四人は二人が鉄兜《てつかぶと》をかぶり、二人は丸刈りの頭を茶色に変色した包帯で巻いている。先頭の男は右腕に添え木を当て、二人目の男は松葉杖を突いていた。右足の膝から下がなかった。三人目の男はまだ十四、五歳くらいにしか見えなかった。顔の右半分がどす黒く膨れ上がり、裸の上半身に三列の大きな裂目が斜めに走っている。紫の桑の実のような血の塊が傷口にこびりついていた。四人目の男は端正な顔立ちをした本土出身の兵隊らしい男で、一見どこにも傷を負っているようには見えなかったが、襟口に目をやると首が後ろから半分以上切れていた。

　足元の男が踵に口をつけ、足の裏をなめ始める。恐ろしさとくすぐったさで、徳正は顔を歪め、おかしくなりそうな頭を正常に保とうと豊年祭の村踊りの歌詞を諳《そら》んじた。しばらくして水を飲んでいた男が立ち上がった。間を置かずに、先頭に立っていた男がしゃがんで水を飲み始める。飲み終えた男は未練気に目をやったが、すぐに真っすぐ向き直り、徳正に敬礼し頭を下げると右手に向かい、ゆっくりと壁の中に消えて行った。それとほとんど同時に、左手の壁から新しい兵隊が現われ、列の後ろに並んだ。出てきたばかりの男は珍しそうに部屋を見回し、徳正と目が合うと髭面に笑みを浮かべて軽く頭を下げた。四十歳は過ぎているだろう男の顔に見覚えがあるような気がしたが、思い出せなかった。頭に包帯を巻いた少年が呻き声を上げ、胸の傷口のあたりを払う。ぽろぽろと床にこぼれ落ちたのは大きなウジだった。象牙色の元気のいいウジはベッドの方に這って来る。徳正は擦《かす》れ声を漏らした。ウジは三十センチほど進むと黒い染みになって消えた。

間もなく、二番目の兵が水を飲み終え、敬礼して深々と頭を下げ、右手の壁に消えて行った。左手の壁からは前と同じように新しい兵が現われ、列に並ぶ。それが明け方までくり返された。

兵隊達は皆おとなしかった。危害を加えられるのではないか、という恐怖はじきに消えた。一人残らず深い傷を負っていて、立っているのがやっとというようなつらそうな様子や、ていねいに頭を下げて消えて行く姿を見ているうちに、徳正は哀れみさえ覚えるようになった。中には正視できないような兵隊もいた。まだ二十歳ぐらいの兵隊は、喉から鎖骨のあたりにかけて大きく抉《えぐ》り取られていて、呼吸のたびにごぼごぼと血の泡が気管から噴き出していた。そういう兵もやはり一心に水を飲んでいた。壁の時計を見ると一人二分程度。滴る程度の水では、それだけの時間で渇きを癒すのは難しいらしく、たいがいの兵隊は立ち去る時に未練気に足に目をやり、次の兵隊に急かされて順を譲るものも少なくなかった。時折は足の裏をなめ上げたり、水の出が悪くなったのか親指を口に含んで吸う者までいて、徳正はくすぐったさに目を剝いた。それにもしだいに慣れてくると、うつらうつらと浅い眠りをくり返した。

右手の壁に兵が消えても左手の壁から次の兵が現われなくなったのは五時頃だった。空に青みが差し始めた頃、最後の兵が水を飲み終え、杖にすがってよろけながら壁に消えて行った。ぼんやりした頭をゆっくり振って、徳正は右足を眺めた。腫れは目に見えて引いていて、水も止まっている。眠気が覚め、声が出るなら大声で笑いたかった。全身に力をこめて起き上がろうとした瞬間、右足の爪先から付根を激痛が貫いた。親指の先から水が勢いよく落ち出し、徳正は口を開けたまま気を失った。

小さくなりかけていたように見えた足は、昼前には元に戻っていた。

　ウシも治療に手を尽くしてはいた。村の年嵩《としかさ》の老女たちを訪ねて、足病みに効くという方法を聞くと片っ端から試した。田魚《たーいう》やミミズの煎じ汁は元より、海岸の岩場に生えていて、汁を吸うと死にかけた蝶も飛び立つというフパ草の搾り汁を飲ませたり、海亀の肉がいいと聞くと人を頼んで探してもらいもした。アロエの湿布や鍼、灸に自分で瀉血《しゃけつ》もやってみた。すべすべと張り詰めた皮膚に剃刀の刃をあてる時、勢いよく血か水が噴き出すのではないかと不安だった。ちょんと突くときれいな赤い玉ができ、コップに溜まった血は色も粘りも健康そのものだった。血に汚れがないのは安心だったが、良くなる気配はまったくなかった。

　老女たちの強い勧めで、評判の高いユタも頼んでみた。しかし、高い金をふんだくられた上に、祖先への敬いが足りないと言われ、ユタにすがった自分の心の弱りようが情けなくなっただけだった。

「我《わ》ぬがや治《のー》しきれんさ。哀れしみてぃや、徳正」

　そっと足をさすりさすりウシがそう言うのを聞いて、徳正もつい胸が熱くなってしまった。

　兵隊達は毎晩現われるようになった。零時を回り、ウシがバケツを交換して部屋に引き上げると、しばらくして左手の壁から一人ずつ姿を現わしてくる。その時になると徳正も首と目だけは自由になった。兵隊達は水を飲む前後に礼をする時以外は、ほとんど徳正を見ようとしなかった。傷つき、今にも倒れそうな体を辛うじて支え、ただ徳正の爪先をじっと見つめていた。

　彼らが皆、重傷を負った日本兵だということはすぐに分かった。八割方は本土の兵隊だった。年齢はばらばらで、防衛隊として駆り出されたらしい沖縄人の中には、こんな年寄りがと思うような白髪の男もいた。言葉を交わす者は少なく、皆、静かに立って順番を待っている。立ちきれない者は前後の誰かが体を支えてやっていた。徳正はしだいに見ているのがつらくなって、目を閉じ、眠りに落ちることを願った。

　兵隊達が現われ出して、三度目の夜が終わろうとしている時だった。浅い眠りから覚め、壁に消えて行く兵をぼんやり見送っていた徳正は、伏し目がちに現われた新しい兵隊の姿に思わず呻き声を漏らした。

「イシミネ……」

村から二人だけ首里の師範学校に進み、鉄血勤皇隊員として行動を共にした石嶺が、別れた時のままの姿で立っていた。包帯代わりに腹に巻いた巻脚絆が血で黒く濡れている。徳正が自分の物を外して巻いてやったものだった。砕けた右足首に松の枝の添え木を当てたのも徳正だった。目を伏せたままの線の細い横顔を見つめ、徳正は声を失っていた。

同郷ではあっても知り合ったのは師範学校に入ってからだった。半年もしないうちに、冗談ではぐらかしながらも、他の仲間には言えない本音を言い合う仲になっていた。口数が少なく本ばかり読んでいる石嶺に、徳正がほとんど一方的に話すことが多かった。短く返される感想はいつも的確で、徳正は顔では笑いながら内心では真剣に聞いていた。

沖縄戦が始まった時、鉄血勤皇隊員として同じ部隊に配属された徳正と石嶺は、伝令と弾薬運搬を割り当てられた。中部の海岸に上陸した米軍が南下してくるのを最前線で迎え撃った徳正たちの部隊は、二度目の戦闘で壊滅状態に陥り、後は島の南部へ移動するだけだった。二人は大和人《やまとんちゅー》の兵隊数名と行動を共にしながら洞窟《がま》から洞窟へと移動を続けた。そして、石嶺が艦砲射撃によって腹部に被弾した夜、島尻の自然壕で別れたのだった。

水を飲んでいた兵士が立ち上がり、敬礼をして消えていく。石嶺は右足を引きずり、前の兵隊の両肩にすがって二歩進んだ。後に続く兵は現われない。朝が近かった。とっくに気づいていながら認めまいとしてきたことが、はっきりとした形を取って意識に上ってくる。兵隊たちは、あの夜、壕に残された者達だった。

右足の痛みがよみがえる。石嶺の番が来た時、徳正は声をかけようと頭をもたげた。石嶺は目を伏せたままだった。徳正は何も言えないまま枕に頭を落とし、目を閉じた。冷たい両の掌が腫れた足首をつつむ。薄い唇が開いて親指を口に含んだ。舌先が傷口に触れた時、爪先から腿の付根に走ったうずきが、硬くなった茎からほとばしった。小さく声を漏らし、徳正は老いた自分の体が立てる青い草の匂いを嗅いだ。

「ちゃー元気な？　へい」

いきなり部屋に入ってきた清裕《せいゆう》を見て、徳正の体を拭いていたウシは顔をしかめた。

「何《ぬー》しが来《ち》ゃーが」

刺を含んだウシの言葉に、清裕は酒焼けの顔に愛想笑いを浮かべて、手にしていたスーパーの白い袋を差し上げた。

「病人の見舞いよ、見舞い。あり、これはお土産」

袋から取り出したパパイアやゴーヤーは、どこかから盗ってきた物に違いなかった。

「お前の物は何ももらわん。早く仕舞って帰《けー》りよ《へー》」

テーブルの上に置かれたパパイアの熟れ過ぎて溶け始めた果肉から、ねっとりとした匂いが漂い、オレンジ色の皮を破って一匹のカナブンが這い出した。清裕が指で摘んで窓から放ると、カナブンは緑に輝いて青空に消えて行った。

「何処《だー》から盗でぃ来《ち》ゃーが？」

「あね、買うてぃる来《ち》ゃんど」

「嘘物言《ゆくしむぬ》いしち」

ウシはうんざりした表情で言った。清裕は窓枠にもたれて薄くなった頭を掻きながら媚びるように笑う。ここ一年ほど見ないうちにだいぶ老け込んだように見え、ウシは少しかわいそうな気持ちも起こって追い出すのをやめた。

清裕は徳正と同じ歳で、従兄弟同士だった。ずっと独り身で、本土に出稼ぎに行ったり、那覇で日雇いの仕事をしたりしていたが、旧正月の前には村に帰って両親の残した家で過ごし、砂糖キビの刈り取りの仕事で日銭を稼ぐのが常だった。それが今年の旧正月は戻ってこなかったので徳正と心配したのだが、実際に目にするとうんざりした気持ちが先に立った。地鼠《びーちゃー》というあだ名そのままの貧弱な体と貧相な顔のくせに、歯だけは馬のように立派だった。裾を二つに折った米軍払い下げのズボンにビーチの売店で売っているような派手なTシャツを着て、徳正の様子を物珍しげに見ている。

「七十も近いのにこの痴れ者《ふりむん》や」

ウシは、徳正が酒や博打に溺れるのは、清裕のせいだと思っていた。近づいてきて足にかけたバスタオルをめくろうとする手を、近くにあった蠅叩きで思い切り叩いた。

「あがよう、何《ぬー》が、我《わ》んが手叩くる？」

「腐れ手で触らんけ」

「あね、心配《しわ》しておるのに」

「お前が心配《しわ》しても変わらん。触るなけ」

ウシが蠅叩きを振り上げたので、清裕はあわててベッドの反対側に逃げた。そこからだと、爪先から漏れる水がよく見えた。白くふやけた親指の先に小さな破れ目があり、盛り上がった雫が足の裏を伝わって踵からバケツに落ちていく。

「水《みじ》れん？」

と聞いたが、ウシは何も答えなかった。波紋をつくる無色透明な液体は、水よりもさらっとした感じだった。

「ええ、何しおるか」

足に顔を近づけて観察しようとしていた清裕の頭に蠅叩きが打ちおろされた。

「どきくされ。かしまさぬ」

ウシはぶつぶつ言いながら清裕の尻を蹴飛ばし、水の溜まったバケツを両手に下げて窓際まで行くと、持ち上げようとして少し手間取った。

「余計なことすなけ」

手伝おうとして怒鳴られた清裕は、仕方なく窓枠にもたれて庭に撒かれる水を眺めた。裏庭は雑草が生い茂っていた。働き者のウシもさすがに手がまわらないのが分かった。仏桑華《ぶっそうげ》の生垣も枝を自由に伸ばし、赤い花が青空に映えている。糸瓜なのか、南瓜なのか、生垣に絡みついた蔓に鮮やかな黄色い花が二つ咲いている。その大きな黄色い花に見とれていた清裕は、ふと、雑草にしても仏桑華にしても勢い良く茂っているのが、ウシの撒いた水を浴びて水滴が輝いている部分に限られているのに気づいた。水を浴びていない所は雑草がまばらに芽を出しているだけで、生垣も少し前に刈り込まれたらしい形を保っている。不思議に思っているところに後ろから声がかかった。

「えー、用が無いなら早《へー》く帰《けー》りよ」

ベッドの傍らで扇風機にあたりながらウシがにらみつけている。

「姉さん、こんなに雑草茂らしてな」

ウシの目が一段と険しくなり、顔がほてっているのが分かった。畑や庭に雑草を茂らせることが、ウシにとってどれだけ屈辱的なことか承知していた清裕は、機嫌を損ねないように注意しながら交渉に入った。

「姉さんよ、草取りや畑仕事の手伝いに雇ってとらさんがや？　徳正の看病の手伝いもすんど。手間賃は少しで済《し》むんど。あと、物喰わしてくれたら助かるしが……」

ウシは怒った表情のまま考え込んだ。内心、手助けはほしかった。畑に出る時間は限られていて、草取りひとつとってても手が回らないし、徳正の看病にしても、床ずれを防ぐためにもっとこまめに姿勢を変えてやりたかった。隣近所から手助けの申し出もあったが、まわりに少しでも迷惑をかけることはウシの気性が許さなかった。清裕をあてにせざるをえないことは腹立たしかったが、「怠けたり家の物を盗ったりしたら腰骨《くしぶに》叩き折ってとらすんど」と脅して、一日千円三食付きで雇うことにした。

水が溜まったらバケツを交換し、三十分おきに姿勢を変えること。今日中に裏庭の草を刈っておくこと。何かあったらすぐに連絡することを指示して、ウシは軽四輪車に乗り込み、下校中の小学生を二度跳ねとばしそうになりながら畑に出た。

清裕は徳正の足を観察したり、枕元に座って話しかけたりしたが、何の反応もないのですぐに退屈し、ラジオのボリュームを上げてチャンネルを民謡に合わせると、壁にもたれて居眠りを始めた。一時間ほどして下半身の冷たさに目覚め、股のあたりを見た清裕は、一瞬寝小便を漏らしたのかと思った。あわてて立ち上がるとバケツを交換した。親指から滴る水の勢いが増していて、バケツから溢れた水が床に広がっていた。

「呆気《あっき》さみよう！　大事《でーじ》なってるむん」

窓から水を捨て、急いで床を拭いた。

「しかし、珍《みじら》しい物《むん》やさや」

一息ついて、ふやけた親指の先から落ちる水を眺めていた清裕は、先程からむず痒くて仕方なかった両手の甲を、黒い点々が覆っているのに気づいた。虫か何かがついているのかと思ってあわてて手の甲を払ったが落ちない。それが自分の毛だと気づいて、鳥肌が立った。清裕も徳正と同じく体毛の薄い方だった。何とか濃くしようと、一緒に剃ったりもしたが、胸毛も腕の毛も産毛のままだった。それが指の背から手首のあたりまで固い毛の芽が出ている。艶やかなその黒い芽を見ているうちに、閃くものがあった。窓の所に行って裏庭を見ると、撒いたばかりの水が輝き、垂直に立った草が青い匂いを立てている。生垣に咲く花の赤と黄色も際立っている。清裕はバケツの所にとって返し、滴る水を手に受け、薄くなった額をぴちゃぴちゃ叩いた。効果が表れるのに五分もかからなかった。むずむずと皮膚の下で小さな虫が這うような感じがし、撫でると細くやわらかい毛髪を突き上げるように固い芽の手触りがあった。心《ちむ》どんどんするのを抑えてバケツの水を掬ってみた。どう見ても普通の水にしか見えない。鼻先に持ってきても匂いはなかった。踵から落ちる水を手に受けた清裕は、恐る恐る舌を伸ばした。思ったよりやわらかな口当たりで、かすかな甘みが口中に広がる。少し多目に口に含み、舌でこねていると、急に肛門のあたりに熱の塊ができて全身がほてり始めた。腰の中心に心地よいうずきが走る。ズボンの前が盛り上がっている。この数年、女を前にするといつも駄目になり、死んだ雀の頭のようだったのが、鳩の頭くらいになって首を振っている。

「したいひゃー」

清裕は空手の突きを三度決め、水を入れる容器を探しに部屋を飛び出した。

親指を吸われる感触と笑い声に徳正は目を覚ました。兵隊達はすでに三巡目に入っていた。彼らが壕に置き去りにされた兵隊達であることを知った時、徳正は最初、殺されるのではないかと恐れた。その気配がないことを知ると、今度は兵隊達の渇きをいやすことが唯一の罪滅ぼしのような気がして、親指を吸われることに喜びさえ覚えた。しかし、今は疎ましくてならなかった。

三巡目に入ってから兵隊達の様子もだいぶ変わってきた。元気を取り戻したのか、部屋に慣れたのか、水を待ちながらおしゃべりに耽り、時々は近所に聞こえそうな大きな笑い声さえあげる。騒ぎを聞きつけてウシが起きてくるのではないかと、期待と不安を交えてドアを見るのだが、その気配はなかった。兵隊達は徳正にはまるで無関心だった。水を飲む前後に敬礼し、頭を下げはするものの、それ以外は見向きもしない。石嶺以外にも壕の中で言葉を交わした兵隊が数名いたが、一様に無視されたのには良い気持ちがしなかった。

なぜ自分がこんな目に遭わなければならないのか。徳正は日に何十回もそう嘆いたが、理由を考えようとはしなかった。いったん考え始めれば、この五十年余の間に胸の奥に溜まったものが、とめどもなく溢れ出すような気がして恐ろしかった。

徳正は、昼、教師に伴われて見舞いにきてくれた小学生達のことを思い出した。この十年来、六月二十三日の「沖縄戦戦没者慰霊の日」の前になると、徳正は近隣の小・中学校や高校で、戦争体験を講演するようになっていた。本来なら、今年も今頃は毎日のように講演に追われているはずだった。訪ねてきたのは最初の年から毎年行っている小学校の子供達だった。

そもそもは、同じ字《あざ》に住む若い教師が、クラスの子供達の前で話してくれないか、と頼みにきたのがきっかけだった。戦争中のことは忘れようと努めてきた徳正は、それまでも同じような頼みを辞退し続けてきた。大学を出たばかりで、自分の善意を疑うような体験もしていないらしい金城という若い男の教師は、粘り強かった。一緒に戦争の話を聞いて回っているという女生徒二人に何度も頭を下げられて、最後には断わりきれなかった。

六年生の教室で、終始うつむいたまま、徳正は用意してきた原稿を読み上げた。慣れない共通語はつかえ通しで、三十分の予定が十五分ちょっとで終わってしまった。恐る恐る顔をあげると、一瞬の間を置いて拍手が鳴り響いた。泣き顔のまま一生懸命手を叩いている子供達の姿を目にして、徳正は面食らった。何がそんなに子供達を感動させたのか分からなかった。以来、村内の他の小・中学校はもとより、隣町の高校からも声がかかるようになった。同じ頃、村の教育委員会が戦争体験の記録集作りを始めていて、その調査員に話をしたのを皮切りに、大学の調査グループや新聞記者が訪ねてくるようになった。テレビの取材を受けたのも二度や三度ではなかった。本土からの修学旅行生を相手に話をするようにまでなった。初めは無我夢中で話をしていた徳正も、しだいに相手がどういうところを聞きたがっているのか分かるようになり、あまりうまく話しすぎないようにするのが大切なのも気づいた。調子に乗って話している一方で、子供達の真剣な眼差しに後ろめたさを覚えたり、怖気づいたりすることも多かった。

「嘘物言《ゆくしむぬ》いして戦場《いくさば》の哀《あわ》れ事語てぃ銭儲《じんもう》けしよって、今に罰被《ばちかぶ》るよ」

　ウシは不愉快そうに忠告していた。言われるまでもなく、話し終わるたびに、これで最後にしようといつも思った。しかし、拍手を受け、花束をもらい、子供たちからやさしい言葉をかけられると正直に嬉しかった。子供や孫がいたらこんな気持ちになるのかと、涙が流れることさえあった。それに、家に帰って謝礼金を確かめるのも楽しみだった。大半は酒や博打に消えたが、新しい三線や高価な釣り竿を手に入れることもできた。

　見舞いにきた子供たちは、バスタオルで覆われた徳正の足にちらちらと目をやりながら、

「早く良くなってください」

と一人一人花束や折鶴を置いていった。徳正は一瞬、今までの嘘を全部謝ろうかと思った。自分が戦場で実際にやったことを語ろうかと思った。しかし、思っただけだった。

「戦場《いくさば》の哀れで儲け事しよると罰被《ばちかぶ》るよ」

　ウシの言葉が頭に浮かぶ。

　一人の兵隊が徳正を見つめている。怯えたような目に記憶があった。他の兵隊達の表情は柔かくなっているのに、その二十歳ぐらいの若者の顔は強ばったまま

だった。深く礼をすると若者は胸を押さえて顔を歪め、ゆっくりと膝をついて水を飲み始めた。

部隊壊滅後、移動を続けていた徳正達は、野戦病院になっていた南部のある自然壕に合流した。壕には看護班として動員された女子学生らがいた。引率の教師らも交えて、知人の安否を手短に確認しあった。それから、伝令や食糧の調達、水汲み、死体処理と命令のままに体を動かし続ける日が続いた。

その兵に会ったのは、糞尿の入った桶を運び出そうとしている時だった。壁際の寝台から伸びてくる手を振り切りながら進んでいたのだが、桶の縁をつかまえられて、中身が寝ている兵隊の顔にかかった。罵声が飛んでくるかと身をすくめたが、声はなかった。出入口に近かったこともあって、糞尿に濡れた顔を薄明りに確認できた。兵隊は舌を伸ばして口のまわりの汚水をなめていた。胸に巻いた包帯が引っ切りなしに動いている。頭がゆっくりと動き、眼窩《がんか》の奥の目が自分を見つめているのが分かった。明日までもたないだろうと思った。「すぐに水を持ってきます」と言って先に進んだが、約束は果たせなかった。

足の指を吸う男の歯があたって痛い。水の出が悪いようだった。これで約束を果たしたことになるのか、と思った。しかし、それで気が安らぐよりも、死ぬまで兵隊達の亡霊にとり憑かれることへの恐怖の方が強かった。

頭部が陥没した兵隊が、後ろから若い兵隊の肩を膝で押した。未練気に立ち上がり、怯えたような目で徳正を見つめ、若い兵隊は頭を下げると、胸を押さえて壁に消えて行く。しゃがんだ兵隊が夢中で親指にしゃぶりつく。陥没した傷口から蠅が飛び立つ。蠅はしばらく男の頭のまわりを飛んでいたが、シーツの上に降りるとまもなく消えた。その男も水を求めて壕の中でしがみついてきた兵隊だった。その後ろに立っている長身の兵隊も、その後ろに隠れている沖縄人の兵隊も、壁から出たばかりの片目の潰れた兵隊も、皆あの壕の中で腕を伸ばし、水を求め続けた者達だった。徳正は自分がもう一度あの壕の闇の中に引きずり込まれていくような気がした。

外に人の気配を感じて、清裕はあわてて広げてあった金をかき集め、座布団で隠した。窓から懐中電灯で庭を照らし、雨戸を閉めて入口の戸の掛金を確かめると、金の計算をやり直した。

水の効能は清裕の予想以上だった。五十年来の禿という老人の染みだらけの頭にさえ、五分もしないうちに産毛が生えてきた。最初はバカにした顔で笑っていた若禿の高校教師も、試して三分後には有金はたいて水を買っていった。顔に塗れば皮がぼろぼろ剝けてみずみずしい肌が現われ、飲めば長いことしなだれたままだった一物が、下腹につかんばかりに頭をもたげてくる。どうせいかさまだろうと眺めていた客達も、今年八十八歳という老人が自分の股間を撫でながら象のような目で笑みを漏らした時には、おお、という声を上げ、水を求めて殺到した。一合ビン一本一万円という値段は吹っかけすぎかと思ったが、一時間もしないうちに売り切れた。

初日、二日は拾い集めた酒の一合ビンに詰めて隣町の十字路で立ち売りしていたが、三日目からは茶色のそれらしいビンを注文し、赤地に金泥の筆書きで「奇跡の水」と書いたラベルも貼った。場所も商店街の一角を確保した。売るのは夜の七時から八時までの一時間だったが、実際には半時間もしないうちに売り切れた。噂を聞いた客は昼過ぎから列をなしていて、一人一本に限定しても行き渡らず、怒号をあげて帰ろうとしない客に予約券を渡してやっと帰ってもらう状態だった。量を半分に減らし、値段を倍にしたが、客は増える一方だった。成分を調べたが中身はただの水だ、清裕は詐欺だと言いふらす者もいた。けれども効能は確実に現われていて、そのうち清裕を神がかりしている者として拝み始める老人のグループまで出てきた。

金をカバンに仕舞い、預金通帳を眺めてほくそ笑みながら、清裕は商売の引き際を考えた。近いうちに暴力団が口を出してくるのは間違いなかった。すでに二度マスコミが取材にきていて、税務署や保健所に目を付けられないうちに本土に渡るに越したことはない。徳正の足の水の出もかなり落ちていて、最近は日にバケツ三杯がやっとだった。それでも値を上げれば百万くらいの売り上げになるはずだったが、地鼠《びーちゃー》の嗅覚が危険を知らせていた。暴力団や税務署も恐かったが、ウシにばれる方がもっと恐かった。気づかれないように、自分が水を使うのは控え目にしているくらいだった。

あと三日くらいか。

そうメドを付けると、清裕は博多から東京までソープランド巡りすることを想像しながらカバンを枕に寝た。


徳正の足が腫れて二週間が過ぎた。七月に入って、クマゼミの鳴き声が飛沫《しぶき》を上げて降りそそぐ暑い日がつづき、徳正の容体を訊ねる村人の口調も、寝たきりの年寄りの具合を訊ねるのと変わらなくなった。足の親指から水が出るということも、昔から村に伝わっている話の数々、拝所に棲む赤いハブに目を潰された男の話や、百十まで生きて額に角が生えたというマカトおばーの話と同じように、珍しくはあるが起こっても不思議ではないこととして、思い出したように語られるくらいになった。


ウシは六時前に起きると熱い茶をすすりながら黒砂糖を一欠けなめ、涼しいうちに畑に出る元の生活に戻った。清裕はウシが茶を飲んでいる頃にはやってきて、夕方までほとんど付きっきりで徳正を看病している。その合間には買物から家の掃除、山羊の草刈りまで自主的にやっている。どこか脳の具合でも悪くなったか、とウシが訝しむくらいよく働いた。ただ、裏庭だけは草が伸び放題なので一度注意すると、どんなに刈っても朝には元に戻っているのだという。また嘘物言《ゆくしむぬい》いして、と思ったが、他の働きぶりに免じてそれくらいは大目に見ることにした。

六時に帰ってきて清裕と交替すると、徳正の体を拭いて着替えをすませ、風呂に入って夕食をとる。それからベッドの横に座ってラジオを聴きながらその日の村の出来事を話してやった。診療所の大城は看護婦と交互にこまめに回ってきてくれた。点滴の他に鼻から管を通して流動食も与えていたので、少し痩せたくらいで、肌の色艶はむしろ良くなっていた。酒や煙草をやらないせいで血圧も安定している。足の腫れ具合は相変わらずだったが、水の出は少なくなっていた。特に夜はほとんど止まっているようだった。ただ、それが良い兆候なのか悪い兆候なのか分からないのが不安だった。

大城は顔を合わせるたびに入院を勧める。ダイガクビョーインは信用できない、という言葉とは裏腹に、ウシも内心動揺し始めていた。これ以上悪くなりそうにはなかったが、治る気配もない。こういう状態が死ぬまでつづくのかと考えると、何にでもすがりつきたくなった。

「どうすれば良いかや……」

戦争中でさえ弱気を見せたことのないウシもつぶやかずにおれなかった。

その夜も、ウシが部屋に帰ると同時に、兵隊達が現われた。最初の兵隊が待ちかねていたように親指に口をつけると、冷たさに一瞬背筋が震える。唇と舌の動きが気になって眠ることができなかった。兵隊達のおしゃべりに苛立ち、何度も怒鳴ったが、擦れた声が漏れるだけで相手にされない。こういう状態がこれ以上続けば、頭がおかしくなると思った。耳を押さえることも布団に潜り込むこともできず、うとうとしかけては何度も起こされ、遠くで五時の時報を聞いたと思った時、目の前に石嶺が立っていた。部屋には二人だけだった。今までうつむいたままだった石嶺が、顔を上げて徳正を見つめている。頭をもたげて何か言おうとしたが、言葉が出てこない。石嶺は頭を下げるとベッドのパイプを握りしめ、右に傾く体を支えてゆっくりとしゃがんだ。ほとんど水の出なくなった親指を口に含んでやさしくねぶる。

最後に別れた夜のことが目に浮かぶ。夕方、水を汲みに出た徳正達を艦砲の至近弾が襲った。一緒にいた三名の女子学生達は即死状態だった。石嶺も破片で腹を裂かれ、どうにか動けるのは徳正だけだった。呻きながら腹を押さえている石嶺の掌から、豚や山羊を解体する時に目にした物と同じ物がはみ出している。巻脚絆を解いて石嶺の腹に巻き、壕まで引きずってきた。戻るとすぐに食料や水を求める兵隊達の罵声を浴びた。入口の近くに寝かせたまま、急いで水を汲みに行かなければならなかった。

夜になって壕の中が騒がしくなった。伝令から移動命令が伝えられ、動ける者は持てるだけの荷物を持って、南部に移動することが命じられていた。

置いていかれるのを察知して助けを求める兵隊達の声と、叱りつける下士官の怒号が、淀んだ闇の中で絡み合う。荷物をまとめる音や降り出した雨の音がそれに混じり合って、石嶺の横に座っている徳正の頭に反響した。何か大切なことを考えようとしているのに、いつまでもそれをまとめることができなかった。壕は琉球石灰岩の小高い森の中腹にあった。降りしきる雨は木々の葉にあたって細かい霧になり、入口近くの岩壁のくぼみに隠れた石嶺と徳正の体に沁み込んだ。

壕の奥から現われた二人の斥候兵《せっこう》が、銃を手に森の斜面を素早く下りて行く。移動が始まったようだった。黒い塊が闇の中から盛り上がって人間の形になると、次々と斜面を下りていく。徳正は石嶺の体を抱いて壁に身を寄せ、息をひそめてその姿を見送った。まともに歩ける兵隊の方が少なかった。肩を貸し合い、杖にすがった兵隊達は、雨でぬかるむ斜面を他の者を巻き添えにしながら滑り落ち、罵り合う。静かにしろ、という押し殺した声が走る。担架で仲間を運んでいく女子学徒隊の中から一つの影が近づいてきた。

「石嶺さんの具合はどうですか」

同じ村の出身だと知ってから、顔を合わせると短い会話を交わすようになった宮城セツだった。岩壁にもたれて細い息を漏らしている石嶺は、支えてやらなければ崩れ落ちてしまう状態だった。徳正は首を振った。セツもそれ以上訊ねようとしなかった。荒れた指が手首を強く握りしめる。掌に水筒と紙袋が押しつけられた。返そうとする徳正の手を押し戻し、セツは顔を近づけた。

「私達は糸満の外科壕に向かうから、必ず後を追ってきて」

徳正の肩をつかんでセツは強い口調で言った。石嶺の顔にそっと手を伸ばして別れを告げると、髪を二つに結んだ後ろ姿が、崖を滑り降りて木の陰に消えた。

どれだけの間そこに座り込んでいたのか分からなかっ

た。目の前を移動していく兵隊の姿はしだいに低く歪んでいった。前かがみに杖にすがっていたのが四ん這いになり、腹這いになって、手足をもがれた両棲類のような影が身をくねらせて進んでいく。置き去りにされることへの恨みや怒声、泣き声が、泥を這いずりまわる音に混じる。崖を滑り落ち、その下で動けなくなった兵隊達の呻き声を、徳正はぼんやり聞いた。

トクショウ……。

かすかにそう呼ばれたような気がした。

「石嶺」

耳元で呼んだが返事はなかった。頬を近づけるとかすかな呼吸があった。徳正は体をずらし石嶺の体を横にした。腹を縛った巻脚絆がよじれて小さな音を立てた。セツの渡してくれた紙包みから乾パンを取り出して手に握らせる。水筒の水を掌に受けて、白い歯ののぞく唇の間にこぼした。あふれた水が頬を伝わるのを目にした瞬間、徳正は我慢できなくなって、水筒に口をつけ、むさぼるように水を飲んだ。息をついた時、水筒は空になっていた。水の粒子がガラスの粉末のように痛みを与えながら全身に広がっていく。徳正はひざまずいて、横たわる石嶺の姿を眺めた。闇と泥水が浸透し、もう起こすこともできないほど重くなったように見える。壕の中の声が聞こえなくなっていた。空の水筒を腰のあたりに置いた。

「赦してとらせよ、石嶺……」

徳正は斜面を滑り降り、木々の枝に顔を叩かれながら、森を駆け抜けた。月明かりに白い石灰岩の道が浮かび、倒れた兵が黒い貝のように見えた。鱗が一枚一枚剝がれ落ちていく黒い蛇の尾が道の向こうに見える。その後を追って走っていた徳正は、死んでいると思った兵の伸ばした手に引っ掛かって倒れた。這ってくる兵の手を払って立ち上がろうとした時、右の足首に痛みが走った。置き去りにされる恐怖が込み上げてくる。徳正は足を引きずって走り続けた。ふいに背後で炸裂音が響いた。森の中腹に立て続けに閃光が走る。米軍に発見されることを恐れ、徳正は走りながら、手榴弾で自決した兵士を罵った。

四日後、徳正は島の最南端の摩文仁《まぶに》海岸で米軍の捕虜となった。気を失って波打ち際を漂っているところを救われたのだった。それ以来、収容所でも、村に帰ってからも、誰かにふいに、石嶺を壕に置き去りにしてきたことを咎《とが》められはしないか、と恐れる日が続いた。

村に帰って一週間ほど経った時、石嶺の母が訪ねてきた。米軍支給の缶詰や芋を持ってきて、身内のことのように無事を喜んでくれる姿を正視できなかった。逃げる途中ではぐれて、その後の行方は知らない、と徳正は嘘をついた。それから数年間、毎日の生活に追われることで、石嶺の記憶を消し去ろうと努めた。

防衛隊にとられた父の宗徳は行方が知れないままだった。祖父と二人の妹は収容所から解放されてまもなく、相次いでマラリアで死んでいた。再会できたのは祖母と母、そしてまだ乳飲み子の弟だけだった。元々体の弱かった母のトミは乳が出ず、出来物だらけの頭にいつも蠅がたかっていた弟は、結局一歳にならないうちに死んだ。ほとんど起きることのできないトミの面倒を祖母に任せて、まだ十八の徳正は年齢を偽り、昼は隣町にできた米軍港の荷揚げ作業に出、早朝と夜は畑に出る毎日をくり返した。二年後トミが死に、祖母と二人きりになった。何度か村を出て、基地建設で賑わっていた中部で日雇い労務をしたり、那覇で塗装業をやってみたりしたが長続きしなかった。二十五の時に村に帰って来てからは、米軍機の燃料タンクを利用して手漕ぎの船を作り、畑の合間に素潜りの漁をして金を稼いだ。二十七の時、魚商《いうあきない》をしているウシと知り合って一緒になった。祖母の喜びようはなかった。二つ上のウシは気が強い分、人情持ちだったから、祖母が亡くなるまでの三年間、実の親以上に尽くしてくれた。二人きりになると、徳正の酒の量が増え、博打にまで手を出すようになった。ウシは子供ができないことが原因かと思い、ひそかに病院に通った。

しかし、徳正が酒浸りになるようになった理由は他にあった。祖母の四十九日の席で、村の老女たちの会話から、徳正は宮城セツのことを偶然知った。

たどり着いた時、糸満の外科壕は米軍の馬乗り攻撃を受けてすでに爆破されていた。以後、宮城セツの消息はつかめないまま、徳正は島の最南端の摩文仁海岸に追い詰められていった。実は、セツたちも一日前にほとんど同じ道を通って摩文仁海岸に着いていた。そして、徳正が爆風を受けて気を失い、漂っていた波打ち際から二百メートルも離れていない岩場で、同僚の女子学生五名と手榴弾で自決を遂げていたのだった。

親戚や客が帰った後、徳正は一人浜に降りた。水筒と乾パンを渡し、自分の肩に手を置いたセツの顔が浮かんだ。悲しみとそれ以上の怒りが湧いてきて、セツを死に追いやった連中を打ち殺したかった。同時に、自分の中に、これで石嶺のことを知る者はいない、という安堵の気持ちがあるのを認めずにはおれなかった。声を上げて泣きたかったが、涙は出なかった。酒の量が一気に増えたのはそれからだった。以来、石嶺のこともセツのことも記憶の底に封じ込めて生きてきたはずだった。

徳正の足をいたわるように掌で足首を包み、石嶺は一心に水を飲んでいる。涼しい風が部屋に吹き込む。窓の外に海の彼方から生まれる光の気配がある。いつもなら、とっくに姿を消している時刻だった。はだけた寝間着の間から酒でぶよぶよになった腹が見える。臍《へそ》のまわりだけ毛の生えたその生白い腹と、冬瓜《すぶい》のように腫れた右足の醜さ。自分がこれから急速に老いていくのが分かった。ベッドに寝たまま、五十年余ごまかしてきた記憶と死ぬまで向かい合い続けねばならないことが恐かった。

「イシミネよ、赦してとらせ……」

土気色だった石嶺の顔に赤みが差し、唇にも艶が戻っている。怯えや自己嫌悪のなかでも茎は立ち、傷口をくじる舌の感触に徳正は小さな声を漏らして精を放った。

唇が離れた。人差し指で軽く口を拭い、立ち上がった石嶺は、十七歳のままだった。正面から見つめる睫《まつげ》の長い目にも、肉の薄い頬にも、朱色の唇にも微笑みが浮かんでいる。ふいに怒りが湧いた。

「この五十年の哀れ、お前が分かるか」

石嶺は笑みを浮かべて徳正を見つめるだけだった。起き上がろうともがく徳正に、石嶺は小さくうなずいた。

「ありがとう。やっと渇きがとれたよ」

きれいな標準語でそう言うと、石嶺は笑みを抑えて敬礼し、深々と頭を下げた。壁に消えるまで、石嶺は二度と徳正を見ようとはしなかった。薄汚れた壁にヤモリが這ってきて虫を捕らえた。

明け方の村に、徳正の号泣が響いた。

いつもより早めにウシの家に来た清裕は、ベッドの枕元で泣いているウシの姿を見て驚いた。ウシの涙など目にすることがあるとは思っていなかったので、とうとう死んだか、と恐る恐るのぞき込むと、見開いた徳正の目がぎょろりと動いて清裕を見た。

「治《のー》たんど」

まだ髭をあたってない顔を歪めて笑い、それだけ言って徳正は目を閉じた。足を見るとすっかり腫れが引き、水も止まっている。バケツの底に一センチほど溜まった水に羽虫が浮いていた。忍び足で部屋を出ようとした清裕をウシが呼び止めた。冷汗を流して振り返ると、涙で汚れた顔を拭こうともせず近づいてくる。一瞬、逃げ腰になった清裕の手をウシがしっかりとつかんだ。

「有難うやたんど。お前がお陰で助《たし》かたさ」

懐から取り出した紙袋を清裕の手に押しつけ、ウシは頭を下げた。

「従兄弟るやるむん、当《あ》たり前《めー》るやる」

愛想笑いを浮かべ、後でまた来るからよ、と言い残して部屋を出ると、清裕は自分の家に走った。水が出ないと分かれば村にいる用はなかった。金と着替えの入ったカバンを手にし、共同売店前の公衆電話からタクシーを呼んだ。冷房の効いた車内で一息ついて、ズボンのポケットの紙袋に気づいた。中をのぞくと一万円札が三枚入っている。ウシにしては大盤振る舞いだった。後ろめたさがちくちく刺したが、看病の役には立ったんだから、と運転手に先を急がせた。航空券の予約日は一週間先だった。それまでは那覇のホテルで過ごすつもりだった。清裕は傍らのカバンを撫でた。手元にある五百万の金の他に、一千万余りが銀行に預金してあった。入っているのは金と着替えだけではなかった。あの〈水〉も、ステンレスの水筒四本にちゃんと確保してあった。一本取り出し、ポケットウイスキーと一緒に軽くすすると、早くも股間がうずき始める。これからの旅行プランを想像して笑いながら、清裕は店の後始末のために隣町に寄った。

店の前で声を上げている数百名の人々を見て、清裕は開けかけたタクシーのドアを手で押えた。最初は水の販売を待っているのかと思ったが、降りようか迷っているうちにただならぬ雰囲気に気づいた。集まっている人々は皆、帽子やマスク、サングラスで顔を隠し、中には手に金属バットやヌンチャク、サイを持っている者もいる。運転手に、行ってくれ、と言おうとした矢先、一人が清裕に気づいた。たちまちタクシーは取り囲まれ、清裕はカバンもろとも引きずり出された。頭を押さえ、しゃがみ込もうとする清裕を数名の手が持ち上げる。

「立たんな、この腐《くさ》れ者《むん》が」

耳元で男が怒鳴った。

「え、この水《みじ》は何《ぬー》やが？」

目の前に突き出された小瓶の底で、少量の水が揺れている。

「はい、あの、〝奇跡の水〟であります」

言い終わらないうちに横にいた女の張り手が飛んだ。

「何が〝奇跡の水〟よ」

つかみかかろうとする女をまわりが抑えた。ハイヒールの爪先が向こうずねを蹴る。呻いて膝をつこうとする清裕を、真正面の男が胸ぐらをつかんで立たせる。

「おい、あんたの売った腐れ水のせいでどうなったか、あり、見てみろ」

男が帽子とマスク、サングラスを取った。黴《かび》のように薄気味悪い産毛がまだらに生えた頭、染みだらけの、皺の寄った顔。

「どうしてくれるか」

泣きながら叫んだ男の声は、二番目に買った高校教師だった。まわりの連中も次々に帽子やマスク、サングラスを取っていく。男も女も髪の毛が落ち、染みや黴が広がった八十過ぎの老人の顔だった。あわてて自分の頭に手をやると、髪の毛がバサリと落ちた。

「呆気《あっき》さみよう！」

叫び声を拳が断った。押しつけられたタクシーのドアのガラスに映る清裕の顔が見る見る崩れていく。カバンが壊され、金が宙に舞う。玉突き事故を起こしながら車が止まり、通勤途中の人々が走ってくる。クラクションと怒号が飛び交う中、四ん這いになって逃げようとした清裕は、襟首をつかまえられてアスファルトに押さえつけられた。ヌンチャクや靴の踵や鳥の脚のように痩せた拳が地鼠《びーちゃー》のように縮こまった体を叩き続けた。髪がまばらに禿げ、頬や首の皺が三重に垂れた女が、ステンレスの水筒を三本手にしてタクシーの上によじ登り、何も知らない人々の上に水を振りまいて大声で笑った。人々の足の間を転がって川に落ちたもう一本の水筒は、海に向かって漂いながら、タクシーや駆けつけたパトカーをひっくり返して荒れ狂う群衆に、朝の光をちらちらと反射していた。

十日が経った。徳正は窓から裏庭の夏草を眺めていた。水が止まってから、兵隊達は二度と現われなかった。それでも一人で寝るのが不安で、三日の間はウシにベッドの横の床で寝てもらった。口とは裏腹にウシもまんざらではないようだった。明かりを点けっ放しにしたまま、自分が寝たきりになっていた間の村の出来事を聞きながら、水を飲みにきた兵隊や石嶺のことを話そうかと迷った。しかし、結局話せなかった。これからも話すことはないだろうと思った。ただ、体調が回復したら、ウシと一緒にあの壕を訪れてみたいと思った。戦争中、ここに隠れていたのだ、とだけ言い、花を捧げ、遺骨を探すつもりだった。そう決意する一方で、自分はまたぐずぐずと時間を引き延ばし、記憶を曖昧にして、石嶺のことを忘れようとするのではないかと不安になった。あれほど飲まないと誓った酒も再び飲み始めていた。町で袋叩きにあってから家で寝込んでいる清裕を見舞った日、居合わせた遊び仲間に誘われるまま酒を飲んだ。両手を骨折して、ストローで泡盛を飲んでいた清裕が酔いつぶれた後も酒盛りは続き、そのうち花札が始まった。翌朝、門の前で寝ていた徳正を蹴り飛ばすと、ウシは物も言わずに畑に出ていった。

明日《あちゃー》からや畑《はる》に出《い》でてぃ、働くんど。

そう自分に言い聞かせて、体馴らしに伸び放題の夏草でも刈ろうと、物置から鎌を取ってきて裏庭に下りた。腰のあたりまで伸びた雑草の勢力にあきれながら、ハブがいないか棒切れで草の根元をあちこち叩いた。何か固い物に当たって棒の先が跳ね返った。草を薙ぎ払いながら進むと、仏桑華《ぶっそうげ》の生垣の下に、徳正でも抱えきれそうにない巨大な冬瓜《すぶい》が横たわっていた。濃い緑の肌に産毛が光っている。溜め息が漏れた。軽く蹴ってみたが動きもしない。親指くらいもある蔓が冬瓜から仏桑華に伸びている。長く伸びた蔓の先で、黄色い花が青空に揺れていた。その花の眩ゆさに、徳正の目は潤んだ。

解題

『水滴』

一九九七年一月に九州芸術祭文学賞を受賞した本作の初出は『文学界』一九九七年四月号、初収は同年九月刊の同名小説集（文藝春秋）。同年芥川賞受賞。「目取真俊氏に聞く」によれば、沖縄各地にある「終戦直後、戦死者たちの養分を吸収して、大きな南瓜や冬瓜ができたという話」からイメージを温めたという（『文藝春秋』一九九七年九月）。標準語で発せられる石嶺の言葉や女性の配置など論点は多い。近年では、身体の境界をこえて循環する水がもたらす記憶の身体化と「奇跡の水」が示す貨幣と商品の循環（村上陽子「循環する水」『出来事の残響』二〇一五年七月、インパクト出版会）、渇きがとれたと去る石嶺に対し、生々しく痛ましい快楽としての触れ合いや行き交わされた水への渇きを抱えていくだろう徳正の身体と死者の時間（新城郁夫「水の記憶の断想」『沖縄に連なる』二〇一八年一〇月、岩波書店）など、水を介した身体と記憶の循環や時間の交錯が論じられている。本文は、『赤い椰子の葉　目取真俊短篇小説選集2』（二〇一三年七月、影書房）に拠る。

作者紹介

目取真俊（一九六〇年〜）。沖縄県生まれ。琉球大学法文学部国文学科を卒業し、高校教師をつとめながら作品を書き、のちに文筆業に専念。沖縄の過去や現在を舞台に、脱政治化された消費対象としての「沖縄」像が不可視化する問題を物語世界に描き出す。『魂込め』（一九九九年）、『群蝶の木』（二〇〇一年）などの短篇集、『虹の鳥』（二〇〇六年）などの長編小説、『沖縄「戦後」ゼロ年』（二〇〇五年）などの評論集がある。

誕生日の一日

津村記久子

　今日はエツさんが十六時ごろに来たので、いつものように厨房にいちばん近い向かい合わせの二人席に通した。佐代子さんは、席が空いている限りは必ずエツさんをその席に通すようにしている。直前まで他のお客さんがいてテーブルの上が片付いておらず、でも別の席は空いているというような場合でも、エツさんが来たらそこに座ってもらう。佐代子さんが喫茶店に出勤しない日である土曜と月曜にエツさんが来た場合、他の同僚はどうしているのだろう、とときどき思うのだが、特に問い合わせたことはない。

　窓際の席だが、建物の外壁の出っぱりのせいで日当たりがあまり良くない席だった。けれども西日がほとんど入らず、夕方に座るには快適な席で、いつも十六時前後にやってくるエツさんは、窓の反対側の席に座ってじっと外を眺めていることが多い。佐代子さんの勤めているデパートの向かいには、大手の建設会社のビルがあり、いつも誰かがフロアをうろうろしているので、見るものには困らないのだろうと思う。佐代子さんも、店が暇で、席のことも厨房の手伝いもレジのことも何もやることがない日は、向かいのビルで働いている人たちを眺めている。早足でフロアを歩き回ったり、電話を取ったり、誰かと話したり、一人で頭を抱えたり、すごく仕事をしているという感じがする。佐代子さんも、三十代半ばまではそういう様子で仕事をしていたはずなのだが、今となってはとても遠いことのように感じる。

　エツさんは今日も、抹茶のゼリーとほうじ茶を注文して、いつものように一時間かけてそれらを食べたり飲んだりした。帰り際に、レジの前で財布を開き、ゆっくりゆっくり六五〇円を探し、ぴったりの小銭をトレーに置き、お元気？　と佐代子さんにたずねた。佐代子さんは、まあまあです、と答えた。そちらはどうですか？　とたずねると、エツさんは、まあまあよ、と答えてポイントカードを置き、佐代子さんはスタンプを押した。あともう五つでスタンプはいっぱいになり、抹茶フロートが無料になりそうだった。カードは二枚目だった。佐代子さんは以前、エツさんが一枚目に満了になったカードを、隣の席に座っていた母親と小学校低学年ぐらいの娘の親子の娘さんの方にあげているのを見かけたことがあった。母親がトイレに立った時に、いつも軽く震えている手でカードを女の子に差し出し、私は使わないから差し上げます、と言い残して帰っていった。

　スタンプを押しながら、佐代子さんは、この人には抹茶フロートじゃなくて、いつも注文する抹茶ゼリーとほうじ茶を無料にするように店長に言ったほうがいいのかもしれない、と思う。抹茶フロートは七〇〇円だけど、抹茶ゼリーのセットは六五〇円だから、店側としては五十円得だし。

　どうもありがとうございました、またお越しくださいませ、とエツさんの背中の曲がった小さな後ろ姿に向かってお辞儀をした後、べつのお客さんにお冷やを持ってきてくださいと声をかけられたので、佐代子さんはそちらに向かう。出入り口には、五十前の自分とだいたい同い年ぐらいに見える女の人が来ていて、メニューをのぞき込んでいる。その傍らを、金曜日は十七時からのシフトの雅美ちゃんが通り過ぎて店に入ってくる。雅美ちゃんはうつむいて、眉間をしかめていて、何かいやなことでもあったように見える。雅美ちゃんの身辺でいやなことがあるのはいつものことだ。

　こんばんは、と雅美ちゃんとあいさつをし合って、店に入ってきた自分と同い年ぐらいに見える女の人の接客を任せる。佐代子さんは、テーブルの汚れをチェックし、お店の中にいるお客さんのグラスに水を注いで回る。またお客さんが一人来たので店に入れる。お客さんは、カウンターの席に座ろうとしたのだが、佐代子さんはより広く使える二人席に案内する。三十代半ばぐらいに見える女性のお客さんは、ちょっとやりすぎなぐらい恐縮して、一度おろしたリュックを両手で抱えてそちらに移動する。

接客していたお客さんの注文を厨房に通した雅美ちゃんは、その足で空いたテーブルを拭いている佐代子さんのところにやってきて、あの、今日終わったら空いてます？　晩ご飯行きませんか？　とたずねてくる。佐代子さんは、いつもなら「いいよ」とすかさず答えるのだが、その日は「ごめんね」と前置きして、ちょっと昨日あまり眠れなくて早めに家に帰りたいんだよね、と断る。雅美ちゃんはまず、ええー、と口元をゆがめて自分の不満をあらわにし、その後、じゃあまた、次のシフトが同じ日にでも、と気を取り直す。佐代子さんは、いいよ、と答える。

雅美ちゃんはその日も、友達や付き合っている人の愚痴を言うつもりだったのだと思う。佐代子さんは自宅に帰ると、VODを観るぐらいしかやることがないし、雅美ちゃんの終わらない愚痴を聞くのはやぶさかではなかったのだが、今日はどうしても家に帰りたかった。十四時の休憩の時に、地下に夕食もケーキも買いに行ったからだった。夕食にはローストビーフを一五〇グラム買い、ケーキはショートケーキにした。なんだかありふれた感じがして気が引けたのだが、誕生日だったので、第一印象を大事にすることにした。

雅美ちゃんは、制服のエプロンのポケットから折り畳んだシフトの表のコピーを取り出して確認し、次の火曜にわたし来ますんで、ごはん行きましょう、と真剣な面持ちで佐代子さんに告げた。大学二年の雅美ちゃんは、最初は佐代子さんを話が合うわけがない中年の女だと壁を作っているようでとっつきにくかったのだが、二人が働いている喫茶店が入っているのと同じデパートで下着会社の催事があったときに、偶然単発のアルバイトとして出くわし、昼ごはんのお弁当を一緒に食べてから仲良くなった。雅美ちゃんは、自分の身の回りで唯一、佐代子さんが際限なく話を聞いてくれる人だったため、佐代子さんを気に入ったようだった。こんなふうに言うと、まるで雅美ちゃんが佐代子さんをごみ箱のように扱っているようでもあるのだが、それは人間関係の一面であって、忙しい時は自分の休憩を遅らせて佐代子さんの仕事を助けたり、家で焼いたというクッキーをくれたり、佐代子さんがタブレットで観たという映画に興味を持ってくれたり、気を遣ってもくれていた。

自分の若い頃は、自分自身の苦しみのことしか考えられなくて、愚痴を言うことが聞いてくれる相手の負担になるだなんて考えたこともなかったから、当然その埋め合わせをしようと思ったことなんてなかったし、それを考えると雅美ちゃんは大人だ、と佐代子さんは考えている。でもその日はとにかく、誕生日だから家に帰りたかった。来週の火曜日は、全力で相づちを打つつもりだ。

十九時十分に来たその日の最後のお客も、十六時に来たエッツさんと同じように常連の人だった。エッさんはカードを作っているから名前がわかるけど、その初老の男性は、何度言ってもカードを作らないので名前はわからない。でも、男性が何度も店に足を運んでくるうちに、注文をとる時や水を注ぎに行く時などに少しずつ話をするようになった。ある日男性は、二年前に奥さんと別れていて、息子には最近子供ができたので会いに行ったのだが、どうということはなかった、と佐代子さんに話した。

本当に、どうということはなかった、と初老の男性は、玉露の入った湯呑みをテーブルの上で握りながら、もう片方の腕で椅子の背もたれを挟んで、店の天井と壁の継ぎ目を眺めながら言った。そりゃ一通りにかわいいのはかわいいけど、向こうには何の親しみもなくてね、別れたばあさんから何を吹き込まれたのかわからないけど、私から距離を保とうとするんだな。息子は私に無関心だし、その嫁はもっとそうだし、その子供ときたらほとんど他人みたいだ。

そういうこともあるんですね、と佐代子さんは言った。店員さんは子供はいるのかい？　とたずねられて、佐代子さんは反射的に身を堅くしてしまったのだが、そうだ自分は事情を話す必要はないのだと思い直して、おりません、とただ平たく答えた。以前結婚していて、何年も子供ができなかったため、仕事を辞めてまで治療に通ったのだが、できなかった、とは言わなかった。元夫は、自分に原因があるわけがないと断言し、元夫の家族もそうだった。それで佐代子さんは家を出た。

そうか、と男性はうなずいた。そして、優しい人なのにね、と続けた。佐代子さんは、どうもありがとうございます、とお辞儀をした。

名前のわからない男性と立ち入った話をしたのはその一度きりで、それ以外は、映画の話やスポーツの話をしたりする。野球とボクシングの話をする。その日は、深夜の番組で長谷川穂積が出ているのを見かけたのだが、すごくおもしろかった、という話をした。相手のパンチをどうやって読むのか、かわすのか、についての解説で、すごく道理が通っていて感心したそうだ。

男性が帰って、すぐに閉店になった。レジをしめて、厨房の手伝いをして佐代子さんは帰宅することにした。更衣室で雅美ちゃんに、冷蔵庫の中に何か入ってますよ、と言われて、ローストビーフとショートケーキを入れっぱなしだったと思い出し、あわてて店に戻ってその二つを取り出した。誕生日を祝うなんて、今年思い立ったことだから忘れてしまったのだろうと佐代子さんは思った。四十八歳でもう、誕生日がおめでたいということもないのだけれど、毎年毎年自分が一つ年を取ったということ以上に、前の夫との家を出てきたのが八年前の誕生日だったため、別れてからこれで何年ということばかり考えてしまうので、いいかげん自分の誕生日のことをその上に置こうと決意したのだった。

働いている喫茶店の入っているデパートから最寄り駅までは、急行で三十分だった。駅からは十五分ほど歩く。部屋は1DKで、家賃は共益費込みで四万五千円。ちなみに、喫茶店の時給は九〇〇円で、佐代子さんは一日八時間店に入って、月に二十二日働く。休みの日にもときどき、デパートで日給のいい催事がある時などは単発で働きに行ったりする。特に趣味があるわけではないし、やりたいこともないので、それでいいのだった。けれども、立ちっぱなしがそろそろ疲れてくるようになってきたので、弾性のストッキングを買った。効果は上がっているように思える。いつまで自分は立ちっぱなしで働けるのかと思うこともある。病気になったらどうなるのだろうという不安もある。以前喫茶店でアルバイトをしていた、社会福祉士の勉強をしている女の子によると、重大な病気の場合は、一時的に生活保護に入って入院や手術などの費用をまかなうという手もあるとのことだったのだが、本当にそんなことができるのだろうか。彼女は試験に受かるとすぐにやめてしまったので、それ以上のことは訊けなかった。連絡先は知っているので、たずねてみたら快く答えてくれそうではあるのがよかった。

二十一時半に帰宅した。おなかがすごく空いていた。疲れていたり空腹だったりして、炊事をする気力すらない時は、駅前の牛丼屋で食事をすませたりもするのだが、その日はローストビーフとショートケーキを買っていたので、我慢して何も口にせずに帰った。

昨日炊いたごはんを丼に盛って温め、ローストビーフをその上に置き、冷凍庫に入っていたネギを散らす。そして買う時にもらったソースをかける。ゆず胡椒を丼の端にすり付ける。一五〇グラムって相当あるもんだな、と思いながら、佐代子さんはタブレットを座卓の真ん中に設置して、動画配信のアプリを出す。佐代子さんはテレビを持っていない。結婚していた時の家から持って出なかったのが、そのままになっている。それでもタブレットがあれば動画を見ることに特に不自由はないし、ニュースも確認できる。

誕生日だし何を観ようかと迷って、『グランド・イリュージョン』を観ることにした。佐代子さんはマーク・ラファロが好きなのだ。他にいい映画はたくさんあるのだが、誕生日なので、ただ楽しい映画を観たいと思った。

いただきますをして、ローストビーフの丼を食べ始める。予想通り、見たままにおいしいことに佐代子さんは満足する。映画の三分の一を見終わった段階で食べ終わり、今度は紅茶を淹れてショートケーキの箱を開ける。佐代子さんは、まったく表情には出してないが、この状況をすごく楽しんでいる。早くも、来年もちゃんと誕生日をやろうと決める。

去年までは、自分が元夫のいる家から出てきてこれで何年、ということばかり、家で映画を観ながら考えていた。自分に原因はないということを言い切った元夫と、ちょうど結婚したい時期に傍にいたからといってその人と結婚した自分の判断を悔やんでいた。仕事を辞めることはなかったと悔やんでいた。このまま何もやらない人生を生きていくんじゃないかと恐れていた。しかし先月、ああ今年も誕生日が来るな、憂鬱な日が来るな、と思った時に、なんでそんなふうに思わなければいけないのか、と佐代子さんは疑問に思ったのだった。

それで今年は誕生日をやってみることにした。結果は悪くないと思う。ショートケーキは、映画の三分の二を見終わるあたりでいったん食べるのをやめて、終盤にさしかかると、またお茶を追加してフォークを手に取った。エンドロールの終わりと同時に、最後の一口を食べ終わって、佐代子さんはラグを敷いた床の上に寝ころんで、ガラス戸越しの空を眺める。部屋の光の反射で星などは見えず、ただ暗いということだけがわかる。

明日は休みで、単発のアルバイトも入れていないので、何をしようかと佐代子さんは考える。近所に山があるから歩きに行ってもいいし、一日中寝ていてもいい。気になっていた生命保険の相談に行ってもいい。二十五歳の時からかけていたのが四十五歳で満期になり、戻ってきたお金は貯金しているものの、そこから何にも加入していないのはやはりちょっと不安に感じる。

携帯が震える音がしたので、バッグの中を見に行くと、雅美ちゃんからメッセージが来ていた。火曜日の仕事終わりに行くカフェだが、ここでいいかという店の紹介だった。佐代子さんは店のページを開いて、ちょっと高いなと感じたので、高いからドトールかマクドナルドでいいよ、と書き送る。返事はすぐに来て、雅美ちゃんは、実はわたしもそう思ってました、給料日前なんで助かります、と言う。素直な人だな、と佐代子さんは思う。話を聞いてもらうんなら譲歩するのも当然なのか、とも考えついたけれども、それは打ち消す。

食器を洗うのが面倒だけど、明日休みだから明日洗えばいいか、と佐代子さんは目を閉じる。

誰かにお茶を出して話を聞くために生まれてきたんならそれでいいわ。

眠いけど歯を磨かないと、と佐代子さんは思った。体を起こして、ガラス戸越しに夜空を見上げた。戸を開けると、涼しい空気が入ってきて、佐代子さんは目をつむった。もう一杯お茶を飲んでから、今日は寝ようと思って、佐代子さんはゆっくりとあくびをした。

『誕生日の一日』

解題

初出は『早稲田文学増刊　女性号』（川上未映子責任編集、二〇一七年）。同号のために書き下ろされた。底本もこれに同じ。二〇一〇年代後半から、文壇・論壇ではフェミニズムを再評価する気運が高まっている。背景には、新自由主義の台頭によって深刻化する格差の拡大や、政治・社会の急激な保守化（右傾化）が存在する。主要先進国の中でも、日本はジェンダーギャップ指数が顕著に低いことは周知の通りである。津村記久子は二〇〇五年のデビュー以来、女性たち直面する〈生きづらさ〉を独特の筆致で描いてきた。本作でも結婚と不妊治療を機にキャリアを諦めた女性が、離婚を機に容易に〈相対的貧困ライン〉に陥る様子が描かれている。ただし、こうした事柄を津村はジャーナリスティックに（あるいは告発調で）描くことはない。むしろ、そうした渦中の人生を生きる人の姿を描き出している。

作者紹介

津村記久子（一九七九年〜）。大阪府出身。二〇〇五年に『マンイーター』で第二一回太宰治賞を受賞（同作は後に『君は永遠にそいつらより若い』と改題されて単行本化）。二〇〇九年、契約社員として働く女性を描いた『ポトスライムの舟』で、第一四〇回芥川賞を受賞。女性の貧困、非正規雇用、ハラスメントなど社会問題を採り上げた作品が多いが、スポーツを採り上げたコミカルな小説やエッセイにも定評がある。

IV

巻末資料

巻末資料

日本近代文学をさらに深く研究するために

施設とツール

01 図書館、文学館、資料館

国立国会図書館

https://www.ndl.go.jp/index.html

国立国会図書館法によって運営されている日本最大の図書館。18歳以上利用可能。資料は、基本的に閉架式で収蔵されており、請求で閲覧できる。館外貸し出し不可。入手困難な書籍や資料をパソコンやタブレット端末で閲覧できるサービスが、2022年5月から開始された。絶版本などのうち、電子データ化されたものが対象。「次世代デジタルライブラリー」では著作権保護期間が満了した図書及び古典籍資料全部（約35万点）の本文検索が可能。サービスの利用には、利用登録が必要。

東京都立中央図書館

https://www.library.metro.tokyo.lg.jp/

東京都港区南麻布有栖川記念公園内。開架式と閉架式とが適度に組み合わせられており、総合図書館として使いやすい。日曜日開館。

東京都立多摩図書館

https://www.library.metro.tokyo.lg.jp/guide/tama_library/

JR中央線、武蔵野線西国分寺駅南口から徒歩7分。雑誌、児童書、児童研究書、青少年資料の蔵書の多さに特徴がある。

千代田区立図書館　千代田図書館

https://www.library.chiyoda.tokyo.jp/chiyoda/

九段下駅から徒歩5分。開館時間が長く、図書を借り出すこともできる。日曜日開館。千代田区関係の資料が充実している。

昭和館

https://www.showakan.go.jp

東京メトロ九段下駅すぐ。アジア太平洋戦争時および敗戦後の暮らしを伝える国立の博物館。図書室に相当の図書、雑誌があり、実物を閲覧することができる。「図書・資料検索」には、独自のキーワード検索もある。日曜日開館。

公益財団法人日本近代文学館

https://www.bungakukan.or.jp

東京都目黒区駒場公園内。貴重な書籍・雑誌類、作家の原稿などを収蔵保管する。利用は有料。「図書・雑誌検索」で所蔵を確認できる。自筆の特別資料は、事前申請で閲覧することができる。

神奈川近代文学館

https://www.kanabun.or.jp

横浜市中区山手公園内にある公益財団法人神奈川文学振興会が運営する文学館。展示館が隣接している（展示は有料）。閲覧は、無料。「図書・雑誌検索」で所蔵を確認できる。日曜日開館。自筆の特別資料は、事前申請で閲覧することができる。「夏目漱石デジタルコレクション」は、オンラインで公開されている。

公益財団法人大宅壮一文庫

https://www.oya-bunko.or.jp

雑誌専門図書館。利用は有料。大宅式分類法による独自の雑誌索引を持つ。索引は、国会図書館の端末からも検索できる。

教科書図書館

https://textbook-rc.or.jp/library_jp/

都営バス千石一丁目停留所から徒歩2分。公益財団法人教科書研究センター附属図書館。戦後の検定教科書、教師用指導書、学習指導要領、教科書目録などを所蔵。

公益財団法人日本交通公社　旅の図書館

https://www.jtb.or.jp/library/

青山一丁目駅から徒歩3分。観光関連の学術誌や観光統計資料の他、古書・稀覯書、ガイドブック、時刻表、機内誌、観光研究の専門図書、財団の刊行物・出版物などを所蔵。

02 論文、新聞雑誌記事データベース

国文学論文目録データベース

http://base1.nijl.ac.jp/~rombun/

国文学研究資料館の運営するデータベース。同館が所蔵する雑誌紀要単行本（論文集）等に収められた、日本文学・日本語学・日本語教育の研究論文に関する情報を掲載。専門分野に特化した強みを持つ。

国立国会図書館サーチ

https://ndlonline.ndl.go.jp/#!/

文学関係だけではなく、何を調べるにしても出発点となるデータベース。詳細検索で「雑誌記事」など、項目をうまく利用し、絞り込み検索を行いたい。データ連繫をしている全国の図書館の資料も検索することができる。

国立情報学研究所論文情報ナビゲータ（CiNii、サイニィ）

https://ci.nii.ac.jp

学術論文情報を検索の対象とする論文データベース・サービス。文献、研究データ、プロジェクト情報など、多様な情報が検索できる「CiNii Research」、全国の大学図書館等が所蔵

する本（図書・雑誌）の情報が検索できる「CiNii Books—大学図書館の本をさがす」、国内の大学および独立行政法人大学評価・学位授与機構が授与した博士論文の情報が検索できる「CiNii Dissertations—日本の博士論文をさがす」がある。「論文」に限定したり、期間を区切ったりして、うまく絞り込みを行いたい。

MAGAZINEPLUS

日外アソシエーツが国会図書館などと協力して運営するデータベース（有料）。各種図書館の端末からアクセスできる。一九世紀後半以降の文献を対象としている。

Webcat Plus

http://webcatplus.nii.ac.jp/

文章を入れると連想検索で関連しそうな書籍が出てくる。またその中から1冊を選ぶと、「この本と繋がる本を検索」ができるので、検索範囲を広げていくことができる。

Google Scholar

https://scholar.google.com/schhp?hl=ja&as_sdt=0,5

学術的な文献を幅広く検索する目的でグーグルが提供している検索ツール。タイトルのみならず引用部分も含めて検索できる。

J-STAGE

https://www.jstage.jst.go.jp/browse/-char/ja

国立研究開発法人科学技術振興機構（JST）が運営する電子ジャーナルプラットフォーム。日本の学術誌のオープンアクセスを推進しており、『日本近代文学』、『日本文学』、『昭和文学研究』などの雑誌も含む。

ヨミダス歴史館

読売新聞が運営する新聞データベース（有料）。各種図書館の端末からアクセスできる。一八七四年の創刊から現在に至る『読売新聞』の記事が検索できる。『The Japan News』、『現代人名録』も含む。

朝日新聞記事データベース 聞蔵IIビジュアル

朝日新聞社が運営する新聞データベース（有料）。各種図書館の端末からアクセスできる。一八七九年の創刊から現在に至る『朝日新聞』の記事が検索できる。『アエラ』、『週刊朝日』も含む。

日経テレコン

日本経済新聞社が運営するデータベース（有料）。各種図書館の端末からアクセスできる。記事検索で『日本経済新聞』の記事が検索できる。

Japan Knowledge Lib

https://japanknowledge.com/library/

ネットアドバンスが運営する辞書、事典のデータベース（有料）。『日本大百科全書』、『日本国語大辞典』、『大漢和辞典』、『国史大辞典』、『ランダムハウス英和大辞典』、『現代用語の基礎知識』、『日本近代文学大事典　増補改訂デジタル版』などが利用できる。

03 デジタル・ライブラリー

青空文庫

https://www.aozora.gr.jp

国内最大規模の電子図書館。著作権の消滅した作家の作品を中心に公開している。泉鏡花『外科室』、田山花袋『少女病』、夏目漱石『夢十夜』の本文あり。依拠資料の選択基準は、作家や作品によって異なっており、信頼性は一様でない。

縦書北沢文庫

https://phs.tokyo/bunko/

縦書本文を読むことができる電子図書館。著作権の消滅した作家の作品を公開している。泉鏡花『外科室』、田山花袋『少女病』の本文あり。

国立国会図書館デジタルコレクション

https://www.dl.ndl.go.jp/

著作権の切れた作家の書籍のデジタル画像を公開。館外から見られるものと館内閲覧のみのものとがあるので注意。全文検索機能があり、利便性が高い。

国立国会図書館 次世代デジタルライブラリー

https://lab.ndl.go.jp/dl/

国会図書館の実験的な検索サービス。国立国会図書館デジタルコレクションで提供している資料の中から、著作権の保護期間が満了した図書及び古典籍資料全部（約33万6千点）が検索可能。「全文から検索する」では、OCRにより生成された全文テキストから資料を検索可能。「画像から検索する」では、図書及び古典籍資料中から自動的に切り出された約860万点の画像・図版を検索可能。

国書データベース

https://kokusho.nijl.ac.jp/

国文学研究資料館の運営するデータベース。「書誌検索」から近代文学関係の資料も検索できる。国文学研究資料館所蔵資料だけでなく、大学図書館、公共図書館の所蔵で画像が公開されている資料を検索できる。

Maruzen eBook Library

丸善雄松堂による電子書籍配信サービス（有料）。『新日本古典文学大系　明治篇』（岩波書店）、『漱石全集』（岩波書店）、『鷗外近代小説集』などを読むことができる。研究書や辞典類も含む。

執筆者紹介

荒井裕樹（あらい・ゆうき）
二松学舎大学文学部教授、日本近現代文学・障害者文化論（マイノリティの自己表現活動）。著書に『障害者差別を問いなおす』（筑摩書房、２０２０年）、『まとまらない言葉を生きる』（柏書房、２０２１年）など。２０２２年「第15回（池田晶子記念）わたくし、つまりNobody賞」受賞。

五井信（ごい・まこと）
二松学舎大学文学部教授、日本近代文学（文学理論、カルチュラル・スタディーズ、映画）、著書に『田山花袋――人と文学』（勉誠出版、２００８年11月）、『理論で読むメディア文化』（共著、新曜社、２０１６年５月）、論文に「女子教育のなかの文学――日露戦争前夜の『女学世界』」（『国語と国文学』２０１７年５月）など。

瀧田浩（たきた・ひろし）
二松学舎大学文学部教授、日本近代文学と文化研究（『白樺』派文学と高度経済成長期の文化研究が中心的な研究領域）、著書に『武者小路実篤文学の構造と同時代状況』（文学通信、２０２４年２月）、文化研究の論文に「六〇年代詩と七〇年前後のポップスの状況――渡辺武信と松本隆を中心に」（『叙説』２０１３年３月）など。

中谷いずみ（なかや・いずみ）
二松学舎大学文学部教授、日本近代文学・文化（フェミニズム・ジェンダー、戦争と表象文化、文化運動）、著書に『その「民衆」とは誰なのか――ジェンダー・階級・アイデンティティ』（青弓社、２０１３年７月）、『時間に抗う物語――文学・記憶・フェミニズム』（青弓社、２０２３年３月）など。

山口直孝（やまぐち・ただよし）
二松学舎大学文学部教授、日本近代文学（私小説、探偵小説、現代文学芸術運動）、著書に『「私」を語る小説の誕生――近松秋江・志賀直哉の出発期』（翰林書房、２０１１年３月）、『大西巨人論――マルクス主義と芸術至上主義』（幻戯書房、２０２４年３月）、編著に『横溝正史研究』（戎光祥出版、既刊６冊、２００９年４月〜２０１７年３月）など。

【新装版】

ここから始《はじ》める文学研究《ぶんがくけんきゅう》

——作品を読み解くために

2025年　4月20日　初版第1刷　発行

編著者　荒井裕樹・五井信・瀧田浩・中谷いずみ・山口直孝

発行者　堀郁夫

発行所　図書出版みぎわ

〒270-0119　千葉県流山市おおたかの森北 3-1-7-207

TEL: 090-9378-9120　FAX：047-413-0625

E-mail: hori@tosho-migiwa.com

https://tosho-migiwa.com/

本文・装幀　森貝聡恵（アトリエ晴山舎）

印刷・製本　大村紙業

Printed in Japan ISBN978-4-911029-18-3 C0095